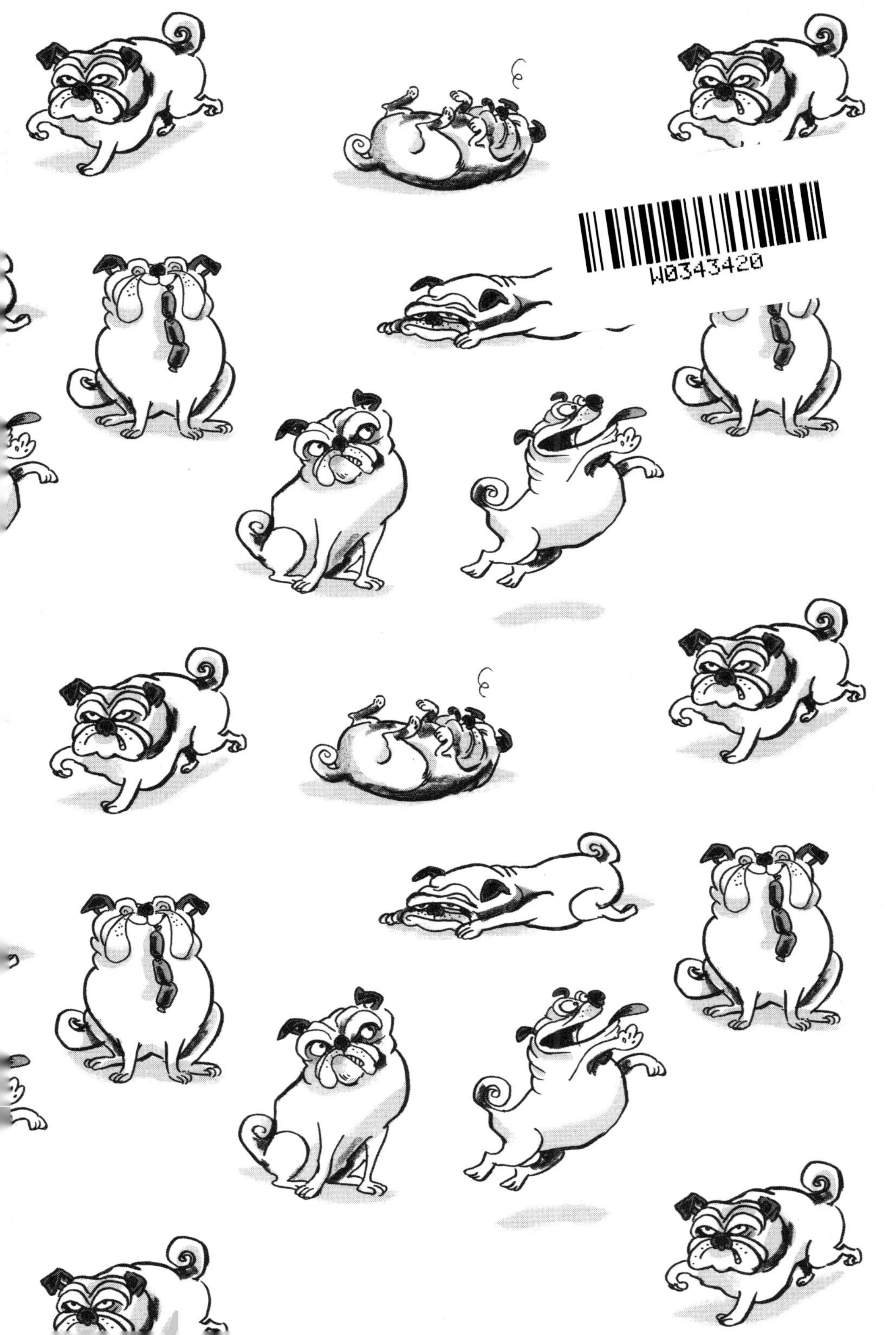

1. Auflage 2018

ISBN 978-3-7641-5133-1

Lektorat: Kathleen Neumann
Umschlag- und Innenillustrationen: Alexander von Knorre

Druck und Bindung: Finidr, s. r. o., Český Těšín
Gedruckt auf Papier aus geprüfter nachhaltiger Forstwirtschaft.

www.ueberreuter.de

Schülerzeitung: Du meinst, so etwas könnte anderen auch passieren?

Eric: Na klar! Jedem. Jederzeit.

Schülerzeitung: Dein Tipp des Monats?

Eric: Höhenluft tut gut.

Schülerzeitung: Wir danken dir für das Gespräch, Eric.

Eric: Lieber nicht. Sonst komm ich wieder.

Es gibt drei Wege, sich als Schüler einen Namen für die Ewigkeit zu machen: als Held, so wie Jannis, der beim Sportfest die meisten Punkte geholt hat. Als *King of Cool* wie Kai, der tun und lassen kann, was er will, weil niemand ihm das Wasser reichen kann. Und als Freak wie mich: Eric Fail. Mein Name ist Programm. Genauer gesagt: mein Nachname, *Fail*. Wenn ihr nicht wisst, was das bedeutet, schaut mal bei YouTube nach, dann habt ihr eine Ahnung, wie mein Leben aussieht.

Ich zieh das Unglück an wie ein Magnet das Eisen. Wenn irgendetwas schiefgeht, könnt ihr darauf wetten, dass es mir passiert. Wer den Möwenschiss nicht abbekommen will, muss sich nur neben mich stellen. In fast jeder Ausgabe der Schülerzeitung steh ich auf der letzten Seite, unter der Rubrik »Zirkusreif« oder »Interview des Monats«, mit bisher insgesamt 27 Einträgen, das ist absoluter Weltrekord. Inzwischen kennt mich jeder auf der ganzen Schule.

Auch die, bei denen ich gern darauf verzichtet hätte.

Als ich noch auf der Grundschule gewesen bin, war ich bei allen beliebt, weil ich die anderen zum Lachen gebracht habe. Das war cool. In der 5. Klasse haben zwar auch alle gelacht, aber nicht mit mir, sondern über mich. Das war weniger cool. Deshalb habe ich auf Klassenclown geschaltet, und das hat auch toll funktioniert, weil nun alle denken, ich mache Show, wenn ich so wie letzte Woche im Sportunterricht vom Schwebebalken direkt in die Arme von Frau Lummer fliege. In Wirklichkeit würde ich so etwas niemals freiwillig machen, denn erstens ist Frau Lummers Busen so groß, dass er es größentechnisch mit zwei Volleybällen aufnehmen kann. Und zweitens sind ihre Arme so dünn wie Besenstiele. Sie könnte nicht mal einen Medizinball halten, ohne darunter zusammenzubrechen, geschweige denn mich. Zum Glück saß Knut direkt hinter Frau Lummer auf dem Boden, um seine Schnürsenkel zu binden. Als Mattenersatz war er genial, Knut hat meinen Sturz perfekt abgefedert. Nur seine Brille war hinterher im Eimer.

Seit einem Jahr führe ich eine Chaoshitliste über alles, was bei mir wann und wo in die Hose geht. Ich hoffe, ein Muster darin zu erkennen. Denn wenn es ein Muster gibt, dann kann man vielleicht mithilfe von Formeln berechnen, wann ich das nächste Mal dran bin. Das nennt man Wahrscheinlichkeitsrechnung. Oder man füttert den Computer mit den Daten und ich erfahre dann im Voraus, was mir als Nächstes passiert. Das nennt man Algorithmus, also so etwas wie Wahrsagerei, nur viel genauer. Mein Vater ist Programmierer, der kennt sich mit solchen Dingen aus. Wenn ich weiß, was als Nächstes passiert, kann ich mir wenigstens aussuchen, ob ich am Morgen aus dem Bett steige oder lieber doch nicht.

Ich schreibe mir aber nicht einfach nur alles auf, sondern unterteile alle Situationen in drei Kategorien:

1. Dinge, die passieren können (Pech)
2. Dinge, die besser nicht passieren sollten (Schicksal)
3. Dinge, die niemals hätten passieren dürfen, und wenn doch, dann gefälligst jemand anderem! (Tragödie)

Für die, die es noch nicht wissen: Tragödie ist das Gegenteil einer Komödie, sie geht immer schlecht aus. Das mit Frau Lummer gehörte Gott sei Dank nicht dazu, sondern zur Kategorie 2. Kategorie 1 wäre gewesen, wenn nicht ich, sondern Knut auf dem Schwebebalken das Gleichgewicht verloren hätte, weil er beim Turnen immer die Brille absetzt, was auf dem Schwebebalken nicht die beste Voraussetzung ist. Dann wäre wahrscheinlich ich statt seiner die Matte gewesen. Aber weil es andersherum war und Knut nach dem Vorfall einen Blindenführer brauchte, hatte ich ihn den ganzen Rest des Tages an der Backe, genauer gesagt am Arm, was vor allem beim Fahrradfahren nach Hause ziemlich lästig war. Also Kategorie 2.

Über Kategorie 3 möchte ich lieber schweigen. Denn das sind die Situationen, die so peinlich sind, dass ich mich am liebsten sofort in Luft auflösen würde. Wie oft habe ich mir in solchen Momenten schon gewünscht, die Zeit zurückdrehen zu können, um noch mal von vorne zu beginnen. Aber leider klappt das nur im Film, nicht im richtigen Leben. Und deswegen ist meine Hitliste in der Kategorie 3 länger, als mir lieb ist.

Mit zusammengekniffenen Augen kann ich übrigens auch schon ein Muster entdecken, selbst ohne Formel. Denn komischerweise passieren mir die wirklich schlimmen Sachen immer nur bei einer Person. Nämlich bei Lara.

»Bleib da, Junge! Wir holen dich mit der Leiter runter!«

Der Feuerwehrmann macht wohl Witze! Was soll man sonst tun, wenn man hilflos mit seiner Kapuze an einem Fahnenmast festhängt, fast zwei Stockwerke über dem Schulhof.

»Okay, ich warte so lange hier«, rufe ich zurück.

Ich komme mir vor wie im Zoo. Unter mir ist ein Auflauf von Schülern, die mich mit ihren Smartphones filmen, und Lehrern, die erschrocken zu mir hochstarren. Aber ich habe nur Augen für Lara. Ihre Haare glitzern in der Sonne wie Goldfolie. Gerade macht sie den Feuerwehrleuten Platz, die ihre Leiter ausfahren. So richtig besorgt sieht sie nicht aus. Eher … ungläubig.

Dabei hatte der Morgen so gut angefangen.

Wegen der Schülersprechstunde haben Lara und ich zur gleichen Zeit vor dem gleichen Klassenraum gewartet. Nur wir beide, sonst niemand! So eine Chance ist wie ein Sechser im Lotto, die hätte ich nur noch eintüten müssen, indem ich etwas Weltbewegendes sage oder wenigstens etwas Witziges, das krieg ich normalerweise selbst unter Narkose hin. Stattdessen stand ich da wie ein ausgestopftes Huhn. Mir fiel einfach nichts ein. Nichts – nur der Hundehaufen, in den ich gestern getreten bin, und davon wollte ich lieber nichts erzählen, auch wenn der Haufen hinterher interessanterweise wie der Mops von Herrn Vogel ausgesehen hat, unserem Französischlehrer.

Ob ich mal ein Taschentuch habe, fragte Lara mich plötzlich.

Ich habe mich umgedreht, ob vielleicht doch noch jemand da war, den ich übersehen hatte. War aber nicht der Fall. Lara meinte *mich*!

Darauf war ich nicht vorbereitet. Ich kramte hektisch in meinen Hosentaschen herum, doch das Einzige, was ich gefunden habe, war ein zerknülltes Etwas mit einem graugelben Fleck in der Mitte, das irgendwann einmal ein Taschentuch gewesen sein könnte. Lara guckte mich angeekelt an. Ob's mir noch gut gehe, wollte sie wissen. Genauso gut hätte sie »widerlicher Volltrottel!« sagen können.

In der Hoffnung, die Situation zu retten, bin ich losgelaufen, um saubere Taschentücher zu besorgen, was nicht einfach war, weil im Sommer niemand so was mit sich rumschleppt. Als ich zurückkam, war Laras Sprechstunde längst vorbei und Frau Dinkel, meine Deutschlehrerin, hat mich angemeckert, weil ich zu spät zu meiner kam. Ich stand da wie blöd mit meiner Packung Taschentücher. Die größte Chance aller Zeiten – ich hab sie vergurkt.

Weil ich auf keinen Fall wollte, dass Lara immer, wenn sie mich sieht, an das verrotzte Taschentuch denken muss, habe ich mir in der Pause Maltes Sonnenbrille ausgeliehen, um wie zufällig an Lara vorbeizuschlendern und ihr möglichst lässig die Taschentuchpackung zu geben. Doch genau in dem Moment, als ich meine Sonnenbrille abgesetzt und Lara angesprochen habe, hat mir eine Elster im Sturzflug die Brille aus der Hand gerissen und ist damit hoch auf den Fahnenmast geflogen. Ich habe ihr erst die Taschentücher und dann meine Basecap hinterhergeschleudert, um sie abzuschießen. War ja klar, dass die Kappe am Ende oben hängen bleibt.

Natürlich wäre es klüger gewesen, sie dem Fahnengott zu opfern. Aber dann hätte Lara mich nicht nur für einen Idioten, sondern auch noch für eine Flasche gehalten. Also bin ich rauf auf den Mast geklettert, was echt anstrengend war. Und weil ich oben verschnaufen musste, nachdem ich meine Basecap wiederhatte, habe ich mich kurz zu Lara umgedreht. Und genau dabei hat sich meine Kapuze am Mast verhakt, und ich bin abgerutscht.

So, das war's. Alles in allem also ein normaler Tag.

Jetzt hänge ich hier oben wie ein Fisch an der Angel und bete, dass der Mast hält. Wie viele Fahnen bin ich wohl schwer? 100, 200 oder 500? Mal ehrlich: Warum sollte jemand einen Fahnenmast bauen, der das Gewicht von 500 Fahnen aushält?

Um mich abzulenken, mache ich ein bisschen Sightseeing. Unter anderen Umständen wäre hier oben kein schlechter Platz für einen Ausguck. Ich kann sogar das eingestürzte Dach des Nebentraktes sehen, das der letzte Herbststurm auf dem Gewissen hat. Das Bild erinnert mich ein bisschen an das Gerippe des Wales, das Silvester an den Strand gespült wurde und das ich aus Versehen mit meiner Feuerwerksrakete abgefackelt habe.

Krrrkhhh. Das Geräusch neben meinen Ohren erinnert mich an etwas anderes: Meine Kapuze ist nur mit Druckknöpfen an der Jacke befestigt. Sind es fünf Knöpfe? Oder doch nur vier?

Krrrkhhh. Okay, auf jeden Fall zwei Druckknöpfe weniger als vorher. Wenn ich das hier nicht überleben sollte, werde ich die Jacke Mama vermachen, weil sie abknöpfbare Kapuzen so superpraktisch findet. Ich hasse Druckknöpfe!

Ich höre schwere Schritte auf der Leiter, unter mir schnauft jemand. Ich versuche, nach unten zu linsen, ohne meinen Kopf zu bewegen, was mir nur teilweise gelingt, weil meine Nase im Weg ist.

Krrrkhhh.

Der Kopf, der unter meiner Nase auftaucht, ist feuerrot. Nicht von der roten Uniform, sondern von der Anstrengung beim Hochsteigen der Leiter. Zu meiner Rettung hat man mir den schwersten Klops hochgeschickt, den die Feuerwehr zu bieten hat. Der Mann hat einen Körperumfang wie ein Sumoringer, zum Löschen eines Feuers wunderbar geeignet: Einmal drüber wälzen, und schon ist das Feuer erstickt. Aber hier ist kein Feuer, sondern nur eine wacklige Leiter, und als der Feuerwehrmann oben ankommt, zittert nicht nur die Leiter, sondern auch ich.

»Brauchst keine Angst mehr zu haben, ich bin bei dir«, ruft er mir zu.

Dass meine größte Angst ist, mit ihm zusammen auf der Leiter zu stehen, sage ich lieber nicht. Doch da hat der Koloss mich schon von der Spitze gepflückt und erstaunlich sanft auf die Leiter gehoben. So schnell, dass ich nicht sagen kann, wie er das gemacht hat.

Mit wackligen Beinen steige ich die wacklige Leiter hinunter und werde gleich von allen Seiten bestürmt.

»Wie war die Luft da oben?«

»Hey, machst dich gut als Fahne!«

»Wolltest dich vor Mathe drücken, was?!«

Und so weiter. Ich grinse nur cool, statt zu antworten, und setze mir dabei lässig meine Basecap auf, das passt fast immer. Der Feuerwehrmann klopft mir auf die Schulter und Herr Waldau, unser Direx, sagt irgendetwas zu mir – wahrscheinlich mahnende Worte. Ich verstehe sie nicht, denn aus den Augenwinkeln sehe ich, dass Lara ihre goldenen Haare schüttelt und sie dann mit einem Gummi zusammenbindet.

Lara gehört zu den drei Menschen, die ich auf eine einsame Insel mitnehmen würde – neben Malte und Paul, die meine besten Freunde sind. Dass Lara mich mitnehmen würde, bezweifle ich. Denn Lara ist so hübsch, dass die halbe Schule bei ihr ansteht. Ganz vorne in der Schlange steht Kai, gegen den man keinen Stich kriegt, weil er obercool ist. Auch jetzt steht er neben Lara und grinst sich einen ab, trotz der Hitze hat er seine coole Lederjacke an. Als ich mir Malte schnappe und mit ihm zusammen an Kai vorbei in die Schule gehe, lupft Kai demonstrativ seine Sonnenbrille. Soll heißen: Lara hat ihm erzählt, was abgelaufen ist. Ausgerechnet ihm!

Kai ist ein ganzes Jahr älter als der Rest der Klasse. Das ist ein krasser Wettbewerbsvorteil, sag ich euch, gerade in der Mittelstufe, wo alle als Pickelträger rumlaufen. Alle außer Kai. Kein Wunder, dass Lara auf ihn abfährt. Außerdem ist sie Japanfan und Kai hat Mandelaugen, weil seine Mutter aus Asien kommt. Mit so etwas kann ich nicht punkten, meine Augen sind groß und rund wie ein Vollmond, selbst, wenn ich sie mit den Fingern nach außen ziehe.

Wenn ich so drüber nachdenke: Eigentlich kann ich durch überhaupt nichts punkten. Die einzigen Dinge, die ich kann, sind Geräusche imitieren und den Clown spielen. Kinderkram. Um bei Lara als cool zu gelten, muss man mit etwas Interessanterem ankommen. Wenn ich nur wüsste, was.

»Was hast du da oben gewollt?«, unterbricht Malte meine Gedankenflut, während wir durch die Tür gehen. »War das 'ne Zirkusnummer für den Schulwettbewerb?«

»Bin ich verrückt?«

Malte tut so, als ob er ernsthaft darüber nachdenkt. Ich knuffe ihn in die Seite. Dabei fällt mir ein, dass ich ihm noch etwas zu beichten habe, nämlich dass seine Sonnenbrille weg ist. Malte winkt ab, er hat sie sowieso kaum getragen. Hauptsache, seine Mutter erfährt nichts davon. Das verspreche ich ihm gern.

»Wo ist eigentlich Paul abgeblieben?«, will ich wissen.

»Auf dem Klo. Als er dich da oben hängen sah, ist ihm vor Schreck übel geworden.«

Obwohl ich Paul schon so lange kenne und weiß, dass er keinen Nervenkitzel verträgt, bin ich fast ein bisschen gerührt. Als er kurz darauf ein bisschen blass um die Nase den Gang zum Deutschunterricht runtergeschlurft kommt, klopfe ich ihm aufmunternd auf die Schulter. »Du brauchst dir keine Sorgen um mich zu machen. Du kennst mich doch.«

»Genau. Deshalb mach ich mir ja Sorgen«, beklagt er sich. »Wir hätten uns nie anfreunden dürfen. Dann ginge es mir viel besser.«

»Bestimmt«, antworte ich, während ich den Klassenraum betrete und mich auf meinen Platz setze. »Dafür würden dir vor lauter Langeweile deine Füße einschlafen.«

»Klingt verlockend«, antwortet Paul.

Nach und nach trudelt der Rest der Klasse ein, und ich darf mir wegen der Geschichte mit dem Fahnenmast noch mindestens zwanzig blöde Kommentare anhören. Nur Lara sagt nix, was mich ärgert, weil ich gern wüsste, was sie denkt. Während Frau Moser in ihrem Element ist und die Tafel bis in die letzte Ecke vollschreibt, nutze ich die Zeit für Sinnvolles. Ich überlege, womit ich bei Lara punkten könnte. Leider fällt mir die ganze Stunde nichts ein.

Lara selbst ist es, die mich in der Mittagspause auf eine Idee bringt. In der Mensaschlange vor mir erzählt sie Sophie, wie sehr sie Castingshows liebt, vor allem die mit Tanzeinlagen und Gesang. Jetzt weiß ich, was ich zu tun habe: Beim großen Sommerfest vor den Ferien auftreten, das dieses Jahr eine Jubiläumsfeier ist! Da darf jeder auf der Bühne etwas vorführen, egal was, solange er sich nicht das Genick dabei bricht. In den letzten Jahren habe ich deshalb lieber nur zugeschaut. Dieses Jahr werde ich auf der Bühne abräumen – mithilfe von Malte und Paul. Dass ich darauf nicht früher gekommen bin! Ich kann es kaum erwarten, meinen Freunden beim Essen von meinem grandiosen Plan zu erzählen!

»Das meinst du doch nicht im ...!«

Der Rest des Satzes geht in Pauls Hustenanfall unter. Vor lauter Schreck über meinen Plan hat er eine Nudel verschluckt. Malte und ich klopfen auf seinem Rücken herum wie auf einem Steak. Als die Nudel endlich aufgibt, ist Pauls Rücken bestimmt genauso rot wie sein Gesicht.

»Auf keinen Fall! Ohne mich!«, krächzt er. »Ich hab keine Lust, mich vor der ganzen Schule zu blamieren.«

»Jetzt bleib mal locker.«

»Du willst eine Rap-Show vorführen! Wie soll ich da locker bleiben?«

»Was soll denn schon groß passieren?«

»Oh, da fällt mir eine ganze Menge ein: Du fällst von der Bühne, oder die Musikanlage streikt mitten im Song, oder die Boxen kippen auf uns, oder wir kommen beim Auftritt alle in den Stimmbruch. Auf jeden Fall werden wir uns bis auf die Unterwäsche blamieren!«

»Schon gut, ich hab's kapiert«, beschwichtige ich ihn. »Dann eben allein mit Malte.«

Normalerweise zieht so ein Satz immer, um Paul zum Mitmachen zu bewegen, aber Maltes gequälter Blick passt nicht in meinen Plan.

»Also ehrlich, Eric, ich kann mir so schwer Schritte merken …«

Die Schulglocke beendet unser Gespräch. Fürs Erste zumindest, denn die beiden wissen, wie hartnäckig ich sein kann. Natürlich hat Paul recht, mit mir kann man sich immer blamieren. Aber Paul hat immer und vor allem Angst, sogar davor, Angst zu bekommen. Das zählt also nicht. Jedenfalls nicht so sehr, wie die Tatsache, dass ich bei Lara dringend Punkte sammeln muss, so viel und so schnell wie möglich.

Mein Vorteil ist, wenn man so will, dass meine Freunde in Sachen Coolnessfaktor auch nicht gerade in einen Zaubertrank gefallen sind und ein bisschen Imagepflege gut brauchen können. Also bearbeite ich sie nach der Schule weiter, bis sie endlich zusagen. Dass ich mit der Aktion vor allem Lara beeindrucken will, verrate ich ihnen nicht. Ich glaube, das wissen sie sowieso.

Meine Freude währt nur kurz, Paul

bringt mich wieder auf den Boden der Tatsachen zurück. »Was machst du, wenn du die Franzearbeit verhaust und sitzen bleibst?«

Meine gute Laune schmilzt auf die Größe eines Graupelkorns. Muss Paul mich ausgerechnet jetzt daran erinnern, dass ich in Franze auf eine Sechs zurase und kurz davorstehe, die achte Klasse wiederholen zu müssen? Ohne meine Freunde. Ohne Lara.

»Es gibt ja nicht nur den Unterricht«, versuche ich es mir schönzureden, »sondern noch die kleinen und die großen Pausen, die Mensapause, den Schulweg ... jede Menge Zeit, bei euch in der Klasse aufzukreuzen.«

Malte und Paul tauschen ernste Blicke, sie verheißen nichts Gutes.

»Wie soll das denn gehen?«, fragt Malte mich schließlich. »Willst du dich rüberbeamen?«

Was redet Malte da bloß? Irritiert schaue ich von einem zum anderen.

Paul sieht mich fassungslos an. »Da erzählt uns die Moser einmal was richtig Wichtiges im Unterricht, und du verpennst es.«

Ich verzichte darauf, ihm zu erklären, dass ich nicht geschlafen, sondern nach Ideen für Lara gesucht hatte. Hier scheint es um etwas Wichtigeres zu gehen.

Malte klärt mich auf: »Nach den Sommerferien wird das Schuldach repariert. Das heißt, die Klassenräume im Seitentrakt fallen weg. Für mindestens ein Jahr ...«

»Ist doch toll!«, unterbreche ich ihn. »Ohne Räume kein Unterricht.«

Malte schnauft. »Schön wär's. Während der Bauarbeiten müssen alle ab der neunten Klasse zur Nachbarschule aufs Festland. Heißt, wir fahren morgens mit der Fähre rüber und kommen erst nachmittags wieder zurück.«

»Und was ist mit den anderen Klassen?«

»Die bleiben hier.«

Jetzt bin ich es, der sich verschluckt und von Malte und Paul den Rücken traktiert bekommen muss.

»Also kein gemeinsamer Schulweg, keine gemeinsamen Pausen«, krächze ich verdattert, nachdem mein Hirn die Neuigkeit verarbeitet hat: Wenn ich sitzen bleibe, bin ich nach den Sommerferien nicht nur eine Klasse von Lara entfernt, sondern zwanzig Kilometer Luftlinie, und das Meer schwappt auch noch zwischen uns. Ich darf meinen alten Mitschülern dabei zusehen, wie sie morgens mit der Fähre übersetzen, während ich hier alleine auf der Insel hocke.

»Dann muss ich in Franze eben eine Vier schreiben«, antworte ich trotzig, obwohl mir im selben Moment klar ist, wie blöd das klingt. Denn wie das gehen soll, ohne Herrn Vogel zu bestechen, ist mir ein Rätsel.

Ich glaube, Vogel hasst mich, weil ich so schlecht in Französisch bin. Für ihn ist die französische Sprache die schönste auf der Welt, er versucht sogar, sie Napoleon beizubringen, seinem Mops. Wenn er länger auf eine Antwort warten muss, klopft er mit seinen Fingern immer ungeduldig auf dem Tisch herum, deswegen nennen wir ihn auch den »Specht«. Bei mir klopft der Specht, ohne abzusetzen, was mich nur noch mehr aus dem Konzept bringt.

»Spinnst du jetzt total?«, spricht Paul mir aus der Seele. »Wie willst du das bis Donnerstag hinkriegen?«

»Keine Ahnung. Indem ich lerne, bis ich umkippe. Mit eurer Hilfe. Ohne euch kann ich das alles gleich knicken.«

Malte pfeift durch die Zähne und Paul stöhnt theatralisch, aber sie diskutieren nicht lange, sondern nicken den Plan ab. Wenn's drauf ankommt, kann man sich auf sie verlassen.

Genauso, wie man sich auf mein Pech verlassen kann. Ich stolpere auf dem Nachhauseweg über Maltes Sonnenbrille, die blöde Elster hat sie auf den Weg fallen lassen. Ich knalle voll hin, die Brille ist im Eimer, und meine Hose auch. Aber das ist mir heute egal, es gibt wichtigere Dinge, über die ich mir Gedanken machen muss.

Malte hat es ausgerechnet. Uns bleiben noch genau drei Tage, fünf Stunden und zwanzig Minuten, um aus mir Vogels Lieblingsschüler zu machen. Ich brauche nicht nachzurechnen, um zu wissen: Was wir vorhaben, ist unmöglich. Genauso gut kann man versuchen, aus einem Piranha einen Vegetarier zu machen.

Trotzdem, einen Versuch ist es wert, vielleicht habe ich ja endlich einmal Glück. Der Gedanke, Lara nicht mehr sehen zu können, treibt mich an. Und so kommt es, dass ich mit meinen Freunden die nächsten Tage um mein Leben lerne – zum Erstaunen meiner Eltern, die das gar nicht von mir gewohnt sind. Sie bestehen darauf, mein Fieber zu messen, weil ich mich abends freiwillig an den Schreibtisch setze, statt hinters Teleskop, was normal wäre.

Dass das mit dem Lernen nicht so einfach wird, hätte ich mir denken können. Denn erstens sind Malte und Paul auch keine großen Leuchten in Franze, und außerdem haben wir drei so viele

Termine, dass wir uns hauptsächlich per Chat austauschen können. Natürlich vertippen wir uns dabei dauernd. Die »Accents« und »Apostrophs« sehen aus, als hätten wir sie mit einem Gewürzstreuer auf dem Bildschirm verteilt. Keine Ahnung, wie die Franzosen das hinkriegen, dass sie auf den richtigen Buchstaben landen. Jedenfalls: Nach zwei Tagen ist klar, dass mich nur noch ein Wunder oder ein riesenlanger Spickzettel vor der Katastrophe retten kann. Ein Wunder wäre mir zwar lieber, aber auf Spickzettel ist mehr Verlass. Deshalb mache ich mich am Tag vor der Klausur gleich nach der Schule ans Werk.

Als meine Mutter in mein Zimmer kommt, lasse ich den Zettel gerade noch rechtzeitig unterm Schreibtisch verschwinden.

»Mama! Anklopfen!«

»Oh, hab ich vergessen. Tut mir leid! Aber du klopfst auch nie an, wenn du in mein Studio kommst.« Sie muss lachen, das macht mich misstrauisch. »Außerdem ist es gut, wenn du dich schon mal daran gewöhnst.«

»Woran soll ich mich gewöhnen?«

»Daran, dass du dein Zimmer mit jemandem teilen musst.«

Entsetzt starre ich sie an. »Sag nicht, ich bekomme einen Bruder!«

Mama unterdrückt ein Prusten. »Nein, keine Sorge. Deine Cousine will uns besuchen«, fährt sie fort, »die Meeresluft tut ihr gut. Wegen ihrer Pollenallergie. Außerdem will sie deine Schule kennenlernen. Vielleicht zieht sie mit ihren Eltern hierher.«

Ich brauche etwas, bis ich alle Infos zu einem Namen zusammengesetzt habe. »Du meinst doch nicht etwa Melle!?«

»Gibt es eine andere Cousine, von der ich nichts weiß?«

Mamas Humor mal wieder. Aber beim Thema Melle kann ich nicht lachen. »Wenn Melle uns besucht, zieh ich zu Malte.«

»Komm schon, sie ist deine Cousine.«

»Großcousine!«

»Meinetwegen. Du hattest früher so viel Spaß mit ihr.«

»Das ist Lichtjahre her, wir haben damals im Sand gespielt! Jetzt ist sie einfach nur noch zum Schreien«, antworte ich ärgerlich.

»Du übertreibst.«

Das sagt Mama immer, wenn sie ein Thema beenden will.

Tatsache ist: Melle ist einfach nur peinlich. Sie braucht nur aufzukreuzen oder, noch schlimmer, den Mund aufzumachen, schon ist man auf der Suche nach einer Hecke, in der man sich verstecken kann. So viele Hecken gibt es auf der ganzen Insel nicht, wie man braucht, wenn man mit ihr zusammen ist.

»Sie zieht sich komisch an. Und sie pfeift darauf, was andere von ihr halten!«

»Sie verstellt sich nicht und sagt, was sie denkt. Da könnten sich die meisten Menschen eine Scheibe von abschneiden, auch du. Außerdem kann es dir egal sein, was andere über sie sagen.«

»Nicht, wenn sie in meiner Nähe ist. So was färbt ab. Mein Leben ist auch ohne Melle schon hart genug.«

»Mmh. Ist es das?«

Ich nicke in der festen Überzeugung, dass Mama, überwältigt von Mitgefühl, sich geschlagen gibt. Tatsächlich nickt Mama verständnisvoll, aber ihre Augen sagen etwas anderes: Wie bringe ich es ihm bei?

Ich ahne Schlimmes.

»Sag nicht, du hast ihr schon zugesagt.«

Mama nickt. Und noch immer derselbe Blick: Wie bringe ich es ihm bei? Kann es noch schlimmer kommen?

Es kann.

»Wann will sie überhaupt kommen?« Während ich frage, rattert mein Kopf alle möglichen Antworten durch.

»Morgen.«

Diese Antwort war nicht darunter.

»Das geht nicht!«, wehre ich entsetzt ab. »Sag, dass unser Haus gerade abgebrannt ist oder dass wir auf Weltreise sind oder dass die ganze Insel voller Pollen ist. Komplett verseucht.«

Mama verschränkt ihre Arme und runzelt die Stirn. »Kann es sein, dass ich das unsozialste Geschöpf der ganzen Insel großgezogen habe?«

Unsoziales Verhalten. Da kennt Mama nix. Sie umarmt die ganze Welt. Selbst einen Eisbären würde sie bei uns übernachten lassen, wenn er an unsere Tür klopft und traurig guckt.

Da hilft nur noch die Bumerangtaktik. »Und wer denkt an mich? Ich schreib morgen Franze, die wichtigste Arbeit meines Lebens und brauche nicht Melle, sondern Ruhe! Willst du, dass ich sitzen bleibe?«

Ein Lächeln huscht über Mamas Gesicht. »Erstens ist sitzen bleiben kein Weltuntergang, zweitens hast du deine Klausur längst hinter dir, wenn Melle kommt. Und drittens brauchst du einen größeren Spickzettel. Mit dem Zettelchen da«, sie zeigt unter den Schreibtisch, »kommst du nicht weit.«

Mama nutzt meine Verblüffung, um das Gespräch als beendet anzusehen. In der Tür dreht sie sich noch einmal kurz zu mir um. »Übrigens, als Versteck für Spickzettel eignen sich lange Socken. Oder ein BH. Soll ich dir einen leihen?«

»Mama!«

Ich schiebe meine Mutter schnell aus meinem Zimmer hinaus und lehne mich matt wie nach einem Ringkampf gegen die geschlossene Tür.

Diese Runde ging an Mama.

Nachdem Mamas Schritte auf der Treppe verklungen sind, setze ich mich an meinen Schreibtisch und nehme mir dabei vor, gleich am nächsten Morgen Malte zu fragen, ob ich für ein paar Tage bei ihm unterschlüpfen kann. Dann hole ich den Spickzettel hervor.

Ich muss sagen, Mama hat recht. Mit dem kleinen Fetzen komme ich nicht weit.

In den nächsten zwei Stunden bin ich damit beschäftigt, das halbe Franzebuch auf Spickzetteln zu verewigen. Weil es am Ende so viele sind, dass ich den Überblick verliere, klebe ich sie alle zu einer langen Schlange zusammen und rolle sie auf. Zufrieden schaue ich mir das Ergebnis an, bevor ich mir die Rolle zum Schlafen unters Kopfkissen lege. Soll Glück bringen, behauptet Paul.

Während ich mir die Zähne putze und ins Bett klettere, denke ich darüber nach, wo ich den Zettel vor der Franzearbeit verstecke.

Ihn in meine Socken zu stopfen, ist mir zu riskant. Wenn schon Mama das Versteck kennt, dann bestimmt auch Vogel.

Gerade als ich einschlafe, kommt mir eine tolle Idee. Ich versuche noch, den Gedanken festzuhalten, dann bin ich weg.

Die Idee leider auch, als ich am nächsten Morgen wieder aufwache, und so muss ich auf das zweitbeste Versteck ausweichen.

Mama grinst belustigt, als ich mit einem dicken Wollschal um den Hals an den Frühstückstisch komme, um noch schnell einen Kakao und ein Butterbrot hinunterzuschlingen.

Papa starrt mich erstaunt an. »Ist der Schal dein Ernst? Heute sollen es 25 Grad werden.«

Ich antworte nicht. Erstens sterbe ich schon jetzt vor Hitze, und zweitens kann ich meinem Vater wohl kaum beichten, dass ich den Schal brauche, um einen Spickzettel ins Klassenzimmer zu schmuggeln. Anders als meine Mutter hat mein Vater wenig Verständnis fürs Tricksen. Vielleicht würde er das mit Lara verstehen, aber das geht ihn gar nichts an.

»Mein Hals kratzt«, antworte ich.

»Klar kratzt der«, wirft Mama ein, während sie vorsichtig ihren heißen Kaffee schlürft. »Wegen der Schurwolle. Mit einem BH würde dir das nicht passieren.«

Papa schaut irritiert zwischen uns hin und her.

»Wieso sollte sich Eric einen BH um den Hals wickeln?«, fragt er.

»Doch nicht um den Hals!«, antwortet Mama. »Hast du je eine Frau gesehen, die so etwas macht? Außer Lady Gaga vielleicht.«

Papa ist jetzt total verwirrt. »Gibt's da etwas, das ich nicht weiß? Ich mein, muss ich mir Sorgen um meinen Sohn machen?«

Ich mache meiner Mutter verstohlene Zeichen, sich zurückzuhalten, aber sie ist in ihrem Element. Sie liebt diese Art von Diskussionen.

»Wieso müsstest du dir Sorgen machen, wenn Eric einen BH tragen würde?«

»Ich darf doch wohl mein Erstaunen darüber ausdrücken. Ich zumindest habe keinen BH getragen, als ich in Erics Alter war.«

Bevor Papa *mich* zu dem Thema befragt, stecke ich mir schnell den letzten Bissen in den Mund und mache mich aus dem Staub. Soll Mama sehen, wie sie Papa alles verklickert. Sie hat ja auch damit angefangen.

Draußen ist es tatsächlich schon warm, nur durch den Wind ist der Schal halbwegs erträglich. Wie jeden Morgen hole ich Malte und Paul zu Hause ab. Im Gegensatz zu meinen Eltern interessieren sich die beiden nicht die Bohne für meinen dick umwickelten Hals – sie bemerken ihn erst, als ich erzähle, dass ich in dem Schal meine Spickzettelschlange versteckt habe.

Malte pfeift durch die Zähne. »Geniales Versteck!«

Paul ist wie immer skeptisch. »Den willst du doch wohl nicht den ganzen Tag tragen?«

»Ich will nicht, ich muss. Sonst nimmt Vogel mir mein Halsweh nicht ab. Oder hast du eine bessere Idee?«

»Klar. Einen Gipsarm. Den würde dir Vogel sofort abnehmen. Nach der Aktion mit der Feuerwehr sowieso.«

»Und wo hätte ich heute Morgen so schnell Gips herbekommen sollen?«

Paul zuckt die Schultern.

»Und wie würde ich an den Spickzettel rankommen, wenn er eingegipst ist?«

»Tja …« Paul kratzt sich ratlos am Kopf. Damit ist das Thema beendet.

Die Sonne brennt inzwischen ziemlich heftig, ich würde am liebsten den Schal von mir reißen. Der Gedanke an Lara lässt mich die Wärme aushalten.

Mir fällt ein, was ich Malte fragen wollte: ob ich ein paar Tage bei ihm unterkommen kann, wenn Melle kommt.

Der winkt ab: keine Chance. Seine kleine Schwester Doro übernachtet schon bei ihm, ihr Zimmer wird renoviert.

»Wenn Doro gemeinsam mit Melle bei mir übernachtet, kann ich bei dir schlafen, und wir sind beide los«, schlage ich vor.

»Klingt gut«, findet Malte. »Aber frag mal meine Eltern, die sehen das garantiert anders.«

Das glaube ich sofort. Außerdem fällt mir ein, dass Doros größtes Hobby Nasenbohren ist. Sie ist schon mit dem Finger in der Nase auf die Welt gekommen. Die Vorstellung, wie sich ihre Rotzspuren in rasender Geschwindigkeit netzartig in meinem ganzen Zimmer ausbreiten, ist gruselig.

Leider ist Paul auch keine Option. Er hat zwar keine kleine Schwester, dafür aber eine Schildkröte, die mit ihrem Terrarium ein Viertel des Zimmers belegt. Ich müsste wahlweise bei Paul im Hochbett schlafen oder bei »Speedy« im Terrarium. Beides nicht toll.

Weil wir inzwischen die Schule erreicht haben und vor dem Eingang auf Herrn Vogel treffen, muss ich das Thema Melle erst einmal vertagen.

Vogel macht mir sofort den Ernst der Lage klar: »Ich hoffe, Eric, du weißt, dass es bei dir heute um alles oder nichts geht.«

Ich nicke artig und versuche meine Stimme rau klingen zu lassen. »Sonst wäre ich nicht hier. Ich bin total krank.« Zum Beweis räuspere ich mich. Dumm, dass ich stufenlos in einen Schluckauf abrutsche.

»Soso …« Vogel legt den Kopf schief und sieht mich prüfend an. Ich fühl mich wie ein Regenwurm, der gleich aufgepickt wird. »Dann wünsche ich dir nachher Hals- und Beinbruch.«

»Besser nicht.«

»Ah ja, dann eben viel Glück. Euch beiden natürlich auch.«

Ohne unsere Reaktion abzuwarten, stürmt er durch die Eingangstür in die Schule, als gäbe es dort Würstchen umsonst. Wir haben es weniger eilig, in der ersten Stunde ist Physik bei Herrn Lauterbach dran, und da er immer vergisst, vor dem Unterricht den Schlüssel zum Physikraum zu organisieren, muss er jedes Mal umkehren, und wir stehen uns die Füße in den Bauch, bis er wieder auftaucht und uns aufschließt.

Als Lara mich mit meinem Schal sieht, blickt sie mich an, als wäre ich komplett bescheuert. Mir kommen Zweifel, ob meine Idee wirklich so gut ist. Aber wenn ich die Franzearbeit schaffen will, habe ich keine Wahl.

Gemeinsam mit meinem Schal quäle ich mich durch die Physikstunden, bald ist die Wolle heiß wie ein Grill, mein Hals geht bestimmt schon als Gyros durch. Als es zur Pause klingelt, bin ich heilfroh, dass ich meine Sachen packen und Richtung Franzeraum lossprinten kann, in der Hoffnung, dass der Laufwind mich abkühlt. Dabei renne ich Vogel, der den Raum aufschließt, direkt in die Arme.

»Soso. Wer so viel Energie hat, um den muss man sich keine Sorgen machen.«

Um Vogel nicht zu reizen, verzichte ich auf eine Antwort, stattdessen setze ich mich auf meinen Platz.

Malte und Paul, die mir hinterhergerannt sind, stürmen in den Raum. Als sie Vogel sehen, der die Tafel wischt, stoppen sie im vollen Lauf ab. Ich ächze, als ich sie sehe.

»Was ist denn los?«

»Ich verglühe gleich, das ist los«, raune ich und mache, als ob ich mir gleich den Schal vom Hals reißen würde.

Paul macht mir verstohlene Zeichen, zeigt erst hektisch auf seinen Hals und dann auf Vogel. Dabei schneidet er Grimassen, als wäre er von einer Sekunde auf die andere komplett durchgedreht. Ich verstehe nicht, was er mir sagen will.

Vogel, der mit dem Tafelputzen fertig ist und sich inzwischen umgedreht hat, versteht es auch nicht. Stirnrunzelnd sieht er zu Paul. »Muss ich den Notarzt rufen?«

Paul läuft rot an. »So schlimm ist es nicht … Ich glaub, ich hab mich bei Eric angesteckt. Mein Hals tut schrecklich weh.«

»Vielleicht kannst du dir den Schal von Eric ausleihen, dem scheint es inzwischen besser zu gehen.«

«Äh … besser nicht, ich habe eine Wollallergie«, antwortet Paul.

Ich halte meinen Schal fest, falls Vogel doch noch auf die Idee kommen sollte, ihn mir abzunehmen, dabei fühle ich, dass die Spickzettelschlange ein Stück herausgerutscht ist. *Das* also wollte Paul mir sagen. Schnell stopfe ich das Papier zurück an seinen Platz, bevor Vogel es ebenfalls bemerkt. Doch der ist mit Paul beschäftigt.

»Soso«, sagt er grinsend, »eine Wollallergie. Hauptsache, keine Französischallergie wie Eric, nicht wahr?« Er freut sich über seinen Witz. Als er merkt, dass niemand mitlacht, räuspert er sich und nimmt die Aufgabenblätter aus seiner Aktentasche, um sie umgedreht auf die Tische zu legen. Dabei leiert er seine altbekannten

Sätze runter: »Wer versucht, beim Nachbarn abzuschreiben: Sechs. Wer abschreiben lässt: Sechs. Und wer ein leeres Blatt abgibt, ebenfalls: Sechs. Haben das alle verstanden?«

Ein Brummeln geht durch den Raum, dann folgt wie immer Vogels spitzer Blick auf die Uhr. Erst als der Minutenzeiger auf die volle Stunde springt, gibt er die Zettel frei. »Und los!«

Ich brauche keine Minute, um zu erkennen, dass der Spickzettel überlebenswichtig ist. Mein Kopf schwirrt von der Grammatik, vielleicht ist auch nur die Hitze vom Hals zum Kopf hochgewandert und weicht mein Hirn portionsweise auf. So oder so, ich warte ein paar Minuten und schreibe das Wenige auf, das ich weiß, damit Herr Vogel nicht misstrauisch wird, wenn ich gleich zum Klo will. Dann erst gehe ich nach vorne und frage ihn.

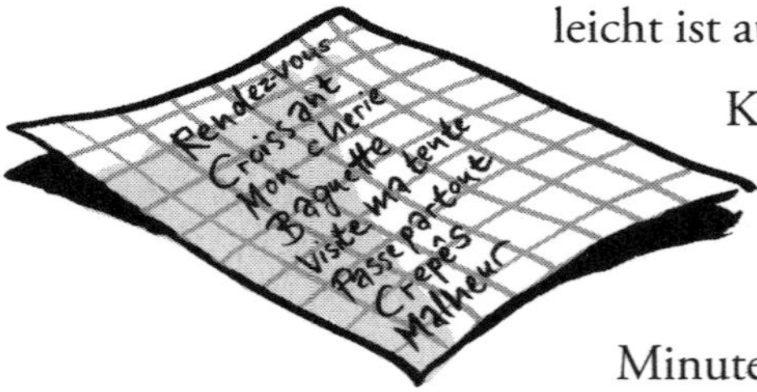

Herr Vogel zieht missbilligend eine Augenbraue hoch. »Mon Dieu, kannst du nicht warten?«

Wer Halsweh hat, muss viel trinken, und wer viel trinkt, muss auf die Toilette. Zumindest in der Theorie stimmt das, ist also nur halb geschummelt. »Gut, beeil dich«, brummelt Vogel und lässt mich gehen. Dabei trommeln seine Finger wild auf dem Lehrerpult herum. Malte guckt verschwörerisch zu mir hoch, als ich an seinem Tisch vorbeikomme.

Weil es jetzt aufs Tempo ankommt, renne ich den Flur hinunter zum Klo, verbarrikadiere mich dort in einer Kabine und reiße mir den Schal vom Hals. Endlich! Ich bete, dass die Tinte nicht verlaufen ist, denn die Wolle ist inzwischen so sehr mit Schweiß vollgesogen, dass sie ihr Gewicht verdoppelt hat. Der Spickzettel scheint es überlebt zu haben, obwohl das Papier weich geworden ist. Zumindest ist die Schrift noch leserlich – ein Wunder, heute muss mein Glückstag sein. Im Schnelldurchgang versuche ich, meine Wissenslücken zu stopfen und das Gelesene abzuspeichern, was in der Hektik eine echte Herausforderung ist. Alleine dafür verdiene ich eine Vier, finde ich.

Als ich die Spickzettelschlange wieder zurück in den Schal wickele und diesen um meinen Hals, bemerke ich, dass die feuchte Tinte Stempelabdrücke auf meinen Händen hinterlassen hat, ein wildes Muster aus Buchstaben, Zeichen und Wörtern. So kann ich auf keinen Fall zurück in die Klasse! Ich muss unbedingt meine Hände waschen, bevor der Specht mich so sieht!

Hastig greife ich zur Türklinke, doch die Tür öffnet sich nicht. In meiner Panik reiße ich wild an der Klinke herum, bis ich sie plötzlich in meiner Hand halte. Erst jetzt fällt mir ein, dass die Tür noch verriegelt ist. Also schiebe ich den Riegel zurück und versuche, die Klinke wieder anzubringen. Vergeblich, der Metallstift, der sie gehalten hat, ist zerbrochen. Heißt: Ohne Hilfe von außen komm ich hier nicht mehr raus.

Okay, sag ich mir, Ruhe bewahren.

Allerdings ist der Gedanke, dass ein Suchtrupp hier auftauchen könnte, wenig beruhigend. Sie werden erst mich entdecken und dann den Spickzettel. Das war es dann mit der Franzearbeit und der Versetzung und mit Lara, und ich sitze alleine hier auf der Insel rum. Da hilft nur eins: Ich muss den Spickzettel verschwinden lassen!

Eilig zerre ich die Zettelschlange aus dem Schal und fange damit an, sie in viele kleine Stücke zu zerreißen. Das dauert. Dann werfe ich sie in die Kloschüssel und spüle, ein vergebliches Unterfangen, denn leider lassen sich die Fetzen auch beim dritten Anlauf nicht herunterspülen, sondern drehen jedes Mal munter ihre Runden im Klo. Und während die Spülung nach jedem Ziehen endlos nachläuft und draußen die Pausenglocke klingelt, höre ich nassgeschwitzt und immer panischer die näher kommenden Rufe meines Lehrers.

Vogels Stimme klingt erregt, als er die Eingangstür zu den Jungstoiletten mit einem Ruck öffnet. Ohne zu überlegen, rolle ich eine halbe Rolle Toilettenpapier ab und werfe das Papier ins Klobecken, um die im Wasser schwimmenden Spickzettelreste zu verbergen.

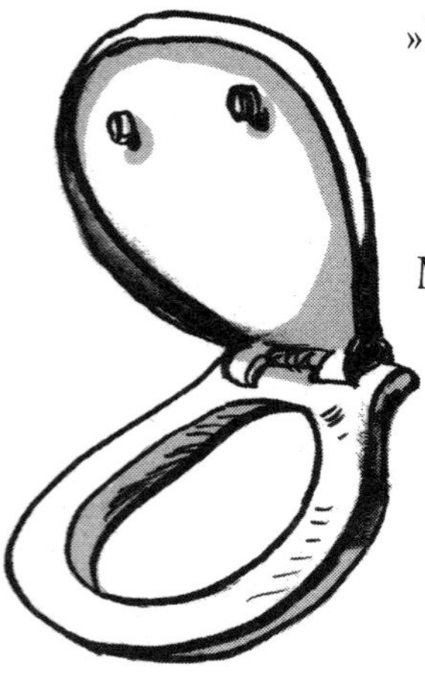

»Bist du hier, Eric?!«

»Ja …«, antworte ich zaghaft.

»Was zum Molch machst du hier so lange? Einen Mittagsschlaf? Du hast deine Arbeit geschwänzt. Mach sofort auf, sonst hole ich den Hausmeister und lasse die Tür aufbrechen!«

»Ich kann nicht raus!«

»Du hältst mich wohl für einen Trottel!«

»Nein, wirklich. Die Türklinke ist abgebrochen.«

Herr Vogel schweigt, sein Erstaunen schwingt deutlich hörbar durch die Luft.

»Die Türklinke, soso. So etwas kannst nicht mal du dir ausdenken, um dich vor der Arbeit zu drücken.«

Vogel drückt die Außenklinke. Ich schreie sofort auf: »Moment!!!«

»Was ist denn jetzt schon wieder?«

»Ich … ich muss noch die Spülung ziehen.«

Vogel seufzt laut. »Dann zieh sie endlich, in Herrgottsnamen.«

Das tue ich. Angespannt beuge ich mich übers Klo, um zu sehen, ob es diesmal klappt, die Spickzettelreste abtauchen zu lassen. Dabei rutscht ein Ende meines Schals von der Schulter ins Klobecken, es wird von dem Sog mitgezogen, bis der Abfluss, der schon vorher überfordert war, vollends verstopft und das Wasser im Becken immer höher steigt. Schreiend und fluchend ziehe ich am Schal, Vogel reißt die Kabinentür auf, im gleichen Moment schwappt das Wasser aus der Schüssel und ergießt sich über meine und Vogels Schuhe. Erschöpft und verschwitzt stehe ich inmitten einer riesigen Wasserlache vor der Kloschüssel, aus der eine Ladung Spickzettel-Klopapier-Pampe und mein tropfender Wollschal heraushängen.

Vogels entgeisterter Blick hätte ein schönes Foto fürs Jahrbuch abgegeben.

Dass hinter allem, was mir passiert, auch eine höhere Gewalt stecken könnte, ist eine interessante neue These, die ich von jetzt an in meine Chaoshitliste aufnehmen werde. Es würde bedeuten, dass nicht *ich* schuld an dem Chaos bin, sondern eine dunkle Macht, die mich auf dem Kieker hat. So eine wie die von Darth Vader. Wenn selbst einer wie Luke Skywalker Probleme mit dunklen Mächten hat, dann stehe ich, Eric Fail, nicht mehr so blöd da.

Die Idee von der höheren Macht kommt vom Vogel. Nachdem keiner Lust hatte, die Sauerei im Klo zu obduzieren, und unser Hausmeister Herr Mühlrath alle Beweise in den Müll geworfen hat, bietet mir Vogel an, mir nicht sofort eine Sechs zu geben, sondern mich die Arbeit am nächsten Tag nachschreiben zu lassen, weil eine kaputte Klinke höhere Gewalt ist. Dafür aber mit *komplett neuen Aufgaben*, weil ich die alten ja schon kenne. Im Klartext heißt das, die ganze Spickzettelaktion hat mir nichts gebracht, außer der

Erkenntnis, dass ein Schal im Klo Überschwemmungen auslösen kann.

Leider hat die Sache mit dem Klo schneller die Runde gemacht, als mir lieb ist. Auf dem Weg zum Klassenraum gaffen mich alle an und kichern blöde, und auch Lara nähert sich, ich sehe ihren goldenen Haarschopf in der Menge vor mir. Ich schlage einen Haken, bevor sie mich sieht, und laufe direkt in Knut hinein. Er platzt fast vor Neugier.

»Eric, stimmt das, was Mühlrath sagt?«

»Was sagt er denn?«

»Dass du die Schule unter Wasser gesetzt hast. Und dass er wegen dir Überstunden machen muss.«

»So' n Quatsch.«

Ich will an Knut vorbei, aber der lässt mich noch nicht gehen.

»Und was war wirklich?«

»Darf ich nicht verraten.«

Knuts Augen fangen an zu glühen. Er liebt Geheimnisse. Ehrfürchtig hebt er die Hand zum Schwur. »Ich verrat's niemandem, ganz bestimmt. Ich versprech's!«

Wenn jemand so hartnäckig ist wie Knut, muss man

härtere Geschütze auffahren. Da hilft dann nur noch der britische Geheimdienst MI6, gesprochen Em-Ei-Six. Knut steht auf Agentengeschichten.

Verschwörerisch schau ich mich um.

»Mühlrath ist kein Hausmeister«, sage ich mit gesenkter Stimme. »In Wirklichkeit heißt er Millrace und ist vom MI6. Er wirbt junge Spione aus dem Ausland an, für einen Geheimauftrag. Ich hatte eben einen Eignungstest, deswegen musste ich die Franzearbeit schwänzen. Das mit dem Klo gehört alles zur Tarnung.«

Knut guckt mich misstrauisch an. »Du nimmst mich doch auf den Arm.«

Ich schaue ihn so ernst an, wie ich kann. »Seh ich aus, als ob ich lüge?«

Knut schüttelt unsicher den Kopf.

Malte und Paul biegen um die Ecke, ich nutze den Moment, um loszukommen. Malte hat mir meinen Rucksack aus dem Klassenraum mitgebracht und sprudelt gleich los: »Was ist denn im Klo passiert? Der Specht war stinkesauer.«

Ich vertröste die beiden auf später und lenke sie Richtung Ausgang. »Erst mal weg hier, bevor die zwei von der Schülerzeitung auftauchen. Ich wette, die suchen mich schon.«

»Da könntest du recht haben«, sagt Paul und zeigt hinter mich.

Erschrocken drehe ich mich um. Paula und Peggie haben sich angeschlichen und strahlen vergnügt. Wie zwei Cheerleader winken sie mit ihrem Mikro, bevor sie es mir so nah vors Gesicht halten, dass ich reinbeißen könnte.

»Hallo, Eric, schön, dass wir dich gefunden haben. Bist du bereit für ein Interview?«

Ich stöhne. Natürlich bin ich nicht bereit, aber die beiden Quälgeister sind schlimmer als Stechmücken. Erst wenn sie mich ausgesaugt haben, werden sie mich in Ruhe lassen. Ich werfe meinen Freunden einen genervten Blick zu und ergebe mich meinem vierbeinigen Schicksal.

»Okay, aber nur zwei Minuten. Ich hab's eilig.«

Aus den zwei werden dann fünf, weil das Mikrofonkabel dauernd aus dem Smartphone rutscht und wir die ganze Aufnahme noch einmal wiederholen müssen. Ich passe höllisch auf, auch beim zweiten Versuch dasselbe zu sagen, damit sie nicht am Ende auf die Idee kommen, genauer nachzufragen, und ich mich in meiner Story verheddere. Danach flüchte ich mit Malte und Paul aus der Schule. Auf dem Nachhauseweg erzähle ich ihnen, was wirklich abgelaufen ist. Die beiden kommen aus dem Staunen gar nicht mehr raus, obwohl sie schon einiges von mir gewöhnt sind.

»Und jetzt?«, fragt Malte.

»Kloppe ich Vokabeln und Grammatik in mich rein, bis ich platze. Und bete, dass es für morgen reicht.«

»Kannst du vergessen. Wie willst du das schaffen?«, fragt Paul.

»Danke, dass du mich so aufbaust!«, meckere ich ihn an.

»Glaubst du, ich finde es toll, wenn du die Klasse wiederholen musst?«

»Warum schreibst du nicht einen neuen Spickzettel?«, schlägt Malte vor. »Wenn du ihn nicht im Schal versteckst, kann auf dem Klo auch nichts schiefgehen.«

»Spickzettel? Die Idee kann ich beerdigen. Specht will mich höchstpersönlich beaufsichtigen. Und ich schwör euch: Er wird mich nicht mal dann aufs Klo gehen lassen, wenn ich auslaufe.«

»Puh!«, sagt Malte.

»Puh!«, sagt auch Paul.

Da wir nicht auf den Weg geachtet haben und inzwischen bei Pauls Haus angekommen sind, bleiben wir stehen und schweigen uns an. Nicht zum Aushalten!

»Hey, Leute«, muntere ich uns auf. »Ist doch ein toller Spruch für meinen Grabstein: ›Hier liegt Eric Fail. Er durfte nicht mal aufs Klo, als er auslief.‹«

Malte und Paul prusten los, sie kriegen sich gar nicht mehr ein vor Lachen. Paul hat sogar Schwierigkeiten, das Schlüsselloch zu treffen. Aber schließlich klappt es doch, und ich setze meinen Weg mit Malte allein fort, liefere ihn ab und bin kurz darauf zu Hause. Wie immer werfe ich die Tür hinter mir ins Schloss und will hinauf in mein Zimmer sprinten, da geht die Tür zu Mamas Hörfunkstudio auf und Mama kommt heraus.

»Keine Zeit, Mama!«

»Moment, junger Mann! Wie war die Französischarbeit?«

»Äh … gut. Oder auch nicht. Wie man's nimmt. Ich schreibe morgen nach.«

»Warum nach? Und warum nur du?«

»Tja, ist jetzt ein bisschen kompliziert, und deine Hörer fragen sich bestimmt schon, wann es endlich weitergeht.«

Meine Mutter hat nämlich einen kleinen Radiosender, den »Inselfunk«, und ein kleines Studio in unserem Bauernhof. Wenn sie auf Sendung ist, kann sie nicht einfach im Haus herumlaufen und Reden schwingen oder mir Aufträge aufdrücken, wie zum Beispiel, dass ich die Socken aufhängen soll. Das ist manchmal ganz praktisch, und auch diesmal versuche ich, mich zu verdrücken.

Mama hält mich zurück, sie ist fest entschlossen, mich auszuquetschen. »Erstens, mach dir mal keine Sorgen, ich spiele gerade die Playlist ab und habe noch genau …«, sie guckt auf ihre Armbanduhr, »… 12 Minuten. Und zweitens: Lenk nicht ab!«

Da Mama sowieso nie lockerlässt, kann ich mir die Zeit sparen, lange herumzureden, und beichte die ganze Geschichte mit dem Klo. Mamas Augenbrauen wandern höher und höher. Als ich fertig bin, fallen sie wieder nach unten, und ein Schmunzeln macht sich auf ihrem Gesicht breit. »Mit einem BH von mir wäre dir das nicht passiert. Und wenn, dann hätte dem Hausmeister die Arbeit bestimmt mehr Spaß gemacht.«

Ich kann's nicht glauben.

»Ist das alles, was du zu sagen hast? Bei mir geht es morgen um Leben und Tod. Wenn ich sitzen bleibe, kann ich *alles* knicken. Meine ganze Zukunft.«

»Nicht so dramatisch, Eric. Was heißt ›alles‹?«

»Meine Freunde, meine Klasse …«

»Kein Mädchen?«

»Woher weißt du das mit Lara?«, frage ich erschrocken.

»Lara heißt sie also.«

»Du hast gar nichts gewusst!«

»Nein, nur geraten. Lade sie doch mal ein.«

Ich bin sauer auf meine Mutter, weil sie mich wieder mal reingelegt hat. Supersauer.

»Ganz bestimmt nicht!«

»Wenn nicht für dich, dann eben für Melle. Damit sie schneller Anschluss bekommt.«

MELLE! Die hatte ich ganz vergessen.

Ich betrachte Mama misstrauisch. »Was meinst du mit ›schneller Anschluss‹?«

»Freunde finden. Sich wohlfühlen. Was sonst?«

»Wegen der paar Tage? Sie will sich doch nur mal umschauen.«

Mama schüttelt entschuldigend den Kopf. »Sie bleibt bei uns, bis ihre Eltern eine Wohnung gefunden haben und nachziehen können.«

Was? Ich könnte explodieren angesichts dieser Hammer-Nachrichten-Wende!

»Sie wohnt hier? Und sie wird auf meine Schule gehen?«

»Ja. In die Klasse unter dir. Oder in deine, falls du sitzen bleibst.«

Ich starre meine Mutter entsetzt an. Was für ein Horror! Schlimmer kann es nicht werden.

Obwohl, bei mir kann man sich selbst darauf nicht verlassen.

Wütend stapfe ich in mein Zimmer und werfe mich aufs Bett. Das ist unfair! Die ganze Welt ist gegen mich! Elstern, Klinken, Klos, der Specht, Kai, Mama, und jetzt auch noch Melle. Wie soll man da noch Franze lernen oder eine tolle Show auf die Beine stellen?

Niemals wird es mir gelingen, Lara zu beeindrucken!

Mannomann, meckere ich mich selber an, es wird dann nicht gelingen, wenn ich aufgebe. Und aufgeben kommt nicht in die Tüte.

Aber einen Plan habe ich auch nicht.

Leise höre ich Mama unten in ihrem Studio sprechen. Jetzt leuchtet dort an der Tür das »Achtung: Sendung!«-Schild rot auf, damit jeder weiß, dass sie nicht mehr gestört werden darf, weil man das in jedem Radio auf der ganzen Insel live hören würde. So ein Schild hätte ich jetzt auch gern, um Melle aus meinem Zimmer und aus meinem Leben rauszuhalten. Ich kann nicht einmal mehr meine Tür abschließen, seit mir der Schlüssel im Schloss abgebrochen ist.

Da kommt mir eine Idee. Ich kann vielleicht nichts dagegen tun, dass Melle sich in meinem Zimmer breitmacht. Aber keiner kann mich zwingen, mit ihr zusammen dort zu wohnen.

Und das sage ich auch meiner Mama, als sie ihr Studio verlässt.

»Ich ziehe auf den Dachboden!«

Bereit, Mamas Protest abzufedern, blicke ich sie angriffslustig an. Mama mustert mich nur nachdenklich, dann antwortet sie: »Okay.«

Ich bin sprachlos.

Als einige Zeit später meine Eltern losfahren, um Melle von der Fähre abzuholen, liege ich mit meiner Matratze auf dem staubigen Dachboden unter der Dachluke und versuche, französische Vokabeln in meinen Kopf zu kloppen. Es ist nicht besonders kuschelig hier, und der Staub, den die Matratze beim Hinwerfen aufgewirbelt hat, kitzelt in meiner Nase, sodass ich dauernd niesen muss. Aber wenigstens kann ich hier für mich sein und die Tür hinter mir abschließen. Statt eines »Achtung: Sendung!«-Schilds habe ich draußen ein Totenkopfschild mit der Aufschrift »EINTRITT VERBOTEN!!!!« angepinnt – sicher ist sicher.

Der Umzug hat keine halbe Stunde gedauert, obwohl am Anfang fast alles an der Matratze gescheitert wäre. Ich hatte Mühe, sie die steile und enge Treppe hochzubekommen, weil die Schwerkraft andere Pläne mit uns hatte. Doch ich habe bis zum bitteren Ende gegen die Matratze gekämpft und am Ende auch gewonnen.

Abgesehen von meinen Bettsachen, habe ich nur das Allerwichtigste mit nach oben geschleppt: mein heiß geliebtes Teleskop, mein Buch mit den Sternenkarten, meinen Bluetooth-Lautsprecher und meinen Laptop, dazu Papier und Stifte, einige Comichefte, ein paar Klamotten und natürlich meine Schulsachen. Ich habe nicht vor, hier lange Zeit zu verbringen. Nur so lange, bis Melle wieder abgezischt ist.

Trotzdem kann ich mich nicht auf Französisch konzentrieren. Die Vokabeln lösen sich in Luft auf, sobald sie mein Gehirn erreichen. Ich versuche es mit Selbsthypnose, das habe ich einmal in einer wissenschaftlichen Sendung gesehen, aber bei mir funktioniert sie nicht, obwohl mein starrer Blick fast ein Loch in die Seiten brennt. Genervt pfeffere ich das Buch in die Ecke.

Um mich abzulenken, öffne ich das Dachfenster über mir und suche mit meinem Teleskop den Himmel ab. Für die Sterne ist es draußen noch viel zu hell, aber mit der Umkehrlinse kann ich wenigstens die Umgebung beobachten. Außer ein paar Kondensstreifen, die am Himmel kleben, und ein paar Vögeln, die herumflattern, ist so gut wie nichts los da oben. Bis eines von den Flatterviechern meine Neugier weckt: Es trägt etwas in seinen Klauen, und das Etwas glitzert in der Sonne. Wenn das die Elster ist, die mich beklaut hat, dann habe ich mit ihr noch ein gewaltiges Hühnchen zu rupfen!

Der Vogel kommt rasch näher, ich schaffe es kaum, das Objektiv zu fokussieren. Hastig nehme ich das Auge vom Okular. Das unheimliche Tier fliegt direkt auf mich zu. Ich weiche zurück. Will der Vogel mich angreifen? Ungebremst fliegt er auf das weit geöffnete Dachfenster zu. Ich springe vor, um das Fenster zu schließen, doch ich schaffe es nicht, rechtzeitig mit der Hand an den Griff zu kommen. Das Flattern ist jetzt laut und bedrohlich, voller Angst kneife ich die Augen zu und werde im selben Moment von etwas Hartem an der Stirn getroffen. Erschrocken weiche ich zurück, stolpere dabei über mein Teleskop und stürze rückwärts auf die Matratze. Benommen bleibe ich liegen.

Als ich die Augen wieder aufmache, ist der Vogel verschwunden, er muss in letzter Sekunde abgedreht sein. Wenn es überhaupt ein echtes Tier war – vielleicht war es ja auch eine Drohne oder ein Flugroboter. Inzwischen bin ich mir da nicht mehr so sicher. Ich schaue durch die Fensteröffnung hinaus: Weit und breit ist nichts mehr von dem seltsamen Vogel zu sehen, so als ob es ihn niemals gegeben hätte. Aber er war da, das verrät mir meine schmerzende Stirn. Sie fühlt sich dick an, doch sie blutet nicht. Wenigstens das. Dann schaue ich nach meinem Teleskop: Es ist Gott sei Dank noch heile.

Erst jetzt bemerke ich den kleinen Gegenstand, der neben mir liegt und der wahrscheinlich der Grund meiner Beule ist: ein Feuerzeug aus Metall. Es glitzert in der Sonne, als wäre es poliert, dabei ist es alt. Schrammen und Riefen bedecken die Oberfläche. Ich nehme das Feuerzeug in die Hand. Überrascht zucke ich zurück: Das Metall ist sehr kalt, so als ob es in einem Kühlschrank gelegen hätte, und es ist schwer, schwerer als gedacht.

Gerade als ich das Feuerzeug aufschnappen lassen will, klopft meine Mutter an die Tür und ruft, dass sie zurück sind. Sie will, dass ich herunterkomme und meiner Cousine Hallo sage.

»Ich komm ja schon«, rufe ich genervt zurück. Das Feuerzeug stecke ich in meine Hosentasche. Dann betrachte ich mich in dem alten Spiegel, der in der Ecke steht, um meine Haare zu richten.

Dabei sehe ich, dass die Beule an meiner Stirn wie ein rotes Horn aussieht. Auch das noch, denke ich.

Als ich zur Tür herauskomme, wartet meine Mutter auf mich. »Sei bitte nett zu Melle«, raunt sie mir mit Blick auf das Totenkopfschild zu, aber nach einer richtigen Bitte klingt es nicht, eher nach einer Erinnerung.

»Jaja, ich weiß, schon gut«, antworte ich. Ich verspreche alles, solange ich es schnell hinter mich bringen kann.

Mamas erstaunter Blick fällt auf meine Stirn. »Was ist *dir* denn passiert?«

»Ach nichts«, wehre ich ab. Dass ich von einem unbekannten Flugobjekt mit einem Feuerzeug beschossen wurde, klingt einfach zu dämlich.

»Nach Nichts sieht es mir aber nicht aus. Eher nach einer Beule. Hast du dich eben geprügelt?«

»Klar. Mit den Wichtelmännern.«

»Mich veräppeln kann ich selbst. Also?«

»Ich bin gegen einen Dachbalken gelaufen.«

»Wirklich?« Mama muss lachen, doch sie reißt sich sofort wieder zusammen, was ich ihr hoch anrechne. »Das muss gekühlt werden.«

Ich verspreche es, damit Mama Ruhe gibt.

Als ich in die Küche komme, schenkt Papa Melle gerade ein Glas Wasser ein. Melle, die mich hört, dreht sich um.

Entsetzt starre ich sie an. Es ist schlimmer, als ich erwartet habe.

Melle trägt eine knallgelbe Hose, dazu ein knallrotes T-Shirt. Auf der Vorderseite ihres Shirts prangt ein großer grüner Frosch. Zusammen mit ihren roten Haaren und Sommersprossen könnte sie glatt als Leuchtboje durchgehen.

»Was ist *dir* denn passiert?«, fragt Papa mich besorgt, als er meine Beule sieht. »Hast du dich geschlagen?«

»Nein!«, seufze ich.

Melle quiekt vor Freude, als sie mich sieht. Ich hebe die Hand zum Gruß, doch da hat Melle mich schon in ihre Arme gezogen.

»Mensch, Eric! Ich freu mich so, dass wir uns jetzt jeden Tag sehen! Ich kann's noch gar nicht glauben! Wollen wir gleich noch zusammen an den Strand?«

Ich wiederum kann nicht glauben, was Melle da gerade mit

mir macht. Ich befreie mich aus der Umarmung und trete sicherheitshalber einen Schritt zurück.

»Äh, ich kann nicht, ich muss Franze lernen. Ich schreibe morgen eine Arbeit.«

»Ich kann dir helfen. Ich bin ziemlich gut in Französisch. Wirklich.«

»Äh, nein, das geht nicht«, beeile ich mich zu sagen. »Ich bin schon mit einem Freund verabredet. Wir sehen uns dann … irgendwann.«

Melles Strahlen bröckelt. Ich will schon umdrehen und verschwinden, als mich Mamas und Papas Blicke treffen.

»Du kannst doch jetzt nicht einfach gehen. Melle ist gerade erst angekommen«, sagt Papa erstaunt.

»Ach ja stimmt«, sage ich zu Melle. »Hab ich ganz vergessen: Hallo, Melle!«

Und schon bin ich wieder draußen, bevor mich meine Eltern noch zu mehr Zugeständnissen verdonnern.

Als ich bei Malte klingele, bin ich froh, dass er da ist, denn ich will auf keinen Fall wieder zurück nach Hause zu dem grünen Frosch. Ich weiß, dass ich nicht gerade supernett zu meiner Cousine gewesen bin, aber eine klare Ansage ist besser, als Melle nachher dauernd an der Hacke zu haben. Wenigstens weiß sie jetzt, wo's langgeht.

Ausnahmsweise habe ich sogar Doppelglück: Maltes Schwester Doro ist beim Ballettunterricht, wir haben also freie Bahn und Maltes Zimmer für uns. Malte bringt eine Tüte Salzstangen, und wir machen es uns auf dem Teppich gemütlich. Der hat sich seit Doros Einzug merklich verkleinert, weil er bis zur Hälfte mit ihren Spielsachen voll ist. Mir ist alles recht, solange ich hierbleiben kann.

»Und jetzt?«, fragt Malte mich, als ich ihm erzähle, dass ich auf der Flucht vor meiner Cousine bin.

Ich zucke mit den Schultern.

Malte geht zu seinem Rechner und klickt mit der Maus herum.

Keine Minute später erscheint Paul auf dem Bildschirm. Gute Idee von Malte.

»Was läuft?«, will Paul wissen.

Malte antwortet: »Eric ist hier, er braucht Unterstützung.«

»In Franze?«

»Sowieso. Seine Cousine nervt ihn, und er kann sie nicht loswerden.«

»Pfff, Eric hat ganz andere Probleme … So schlimm wird sie schon nicht sein.«

»Hab ich ihm auch gesagt.«

»Dann bestell ihm von mir: Schlimm ist, wenn man seine besten Freunde auf der Bühne zum Affen macht. Ich kann nur hoffen, er hat vergessen, uns anzumelden. Heute Mittag war nämlich Anmeldeschluss.«

»Wart mal, das kann er dir selbst beantworten.«

Malte schiebt den Bildschirm mit der eingebauten Kamera zu mir, damit Paul mich sehen kann.

»Klar hab ich uns in die Liste eingetragen, was denkst du denn.«

»Mist«, stöhnt Paul. »Dann hast du das mit deiner Cousine auch verdient.«

»Danke für dein Mitleid.«

»Bitte. Immer wieder gerne.«

Malte meldet sich von der Seite: »Was ist jetzt mit Franze: Fangen wir an? Oder willst du morgen auf ein Wunder warten?«

Lieber nicht – sicher ist sicher, deswegen lass ich mir von Malte und Paul erklären, wie man auf Französisch indirekte Fragen bildet. Das dauert, und weil wir nicht rechtzeitig vor dem Abendessen fertig werden, bekomme ich von meinen Eltern eine telefonische Sondergenehmigung, noch länger bei Malte zu bleiben, auch wenn Melle dann ihren ersten Abend allein mit meinen Eltern verbringen muss.

Als ich wieder nach Hause komme, qualmt mein Kopf wie ein kaputter Auspuff, aber der Einsatz hat sich gelohnt, denn ich treffe nur noch meine Eltern an, die sich eine Doku anschauen und mir eine gute Nacht wünschen. Melle ist glücklicherweise schon in meinem Zimmer verschwunden, weil sie müde von der Fahrt ist. Durch die Tür dringt Musik, die gar nicht mal so übel klingt. Zur Begleitung scheint Melle auf irgendetwas herumzutrommeln. Das macht sie echt gut. Vielleicht haben Malte und Paul ja recht und Melle ist nicht nur schrecklich.

Trotzdem bin ich froh, dass ich unbehelligt ins Bad und danach auf den Dachboden komme. Obwohl ich müde bin, kann ich nicht einschlafen, selbst Vokabeln aufsagen hilft nicht. Mein Magen grummelt wie bei einem Gewitter kurz vor dem großen Knall, und da ich nicht weiß, ob das Aufregung oder Hunger ist, wühle ich mich kurz nach Mitternacht aus meiner Decke und schleiche nach unten in die Küche. Im Haus ist es dunkel, bis auf eine kleine Nachtlampe, die meine Eltern im Flur aufgestellt haben, damit

Melle sich nachts keine blauen Flecken holt. Bei mir gibt es solche Extras nie, dabei laufe ich regelmäßig irgendwo gegen.

Während ich einen Pudding aus dem Kühlschrank löffle, muss ich an Lara denken und daran, dass ich nach der Franzearbeit sofort loslegen muss, mit Malte und Paul an der Show zu arbeiten. Glänzen können wir nur mit etwas, das es noch nie gab und richtig cool ist. Während ich darüber nachdenke, was wir auf die Beine stellen können, fange ich an, die Filmmusik von *Krieg der Sterne* nachzuahmen, alle Instrumente abwechselnd. Als Mikrofon klaue ich mir eine Karotte aus dem Gemüsekorb. Während ich durch die Küche steppe, wippt das Grünzeug im Takt mit. Zum ersten Mal seit Tagen muss ich nicht an Herrn Vogel oder die Franzearbeit denken, und weil es so viel Spaß macht, fange ich an, mit meiner Stimme herumzuexperimentieren, diesmal mische ich Tierstimmen und Schlagzeug in einem wilden Sprechgesang. Das habe ich schon lange nicht mehr gemacht.

Gerade als ich mutig werde und zum Hüftschwung ansetze, höre ich hinter mir die Tür klappen. Ich fahre herum. Zu meinem Schrecken steht mir Melle im zitronengelben Nachthemd gegenüber, sie grinst vergnügt und klatscht.

»Wow! Wo hast du das denn gelernt? Hört sich toll an!«

»Weiß nicht«, antworte ich einsilbig und beiße in die ungewaschene Karotte, als hätte ich die ganze Zeit nichts anderes vorgehabt.

Doch Melle hat mich durchschaut, sie macht einen runden Mund. »Ooch … bitte nicht aufhören«, bettelt sie. »Das klingt richtig cool. An meiner Schule wärst du damit *der* Star.«

Haha, denke ich, verarschen kann ich mich selber. Aber dann sagt Melle noch etwas: »Bei unserer letzten Schultombola gab's als Hauptpreis einen Kurs in Beatboxing. In einer halben Stunde waren alle Lose weg, alle wollten es lernen. Und du Superman kannst es einfach so! Ich glaub es nicht!«

Beatboxing! Ich bin total überrascht. Dass die Geräusche und Töne, die ich mit meinem Mund nachmache, einen Namen haben und was Cooles sind, höre ich zum ersten Mal. Wieso weiß Melle so etwas und ich nicht?

»Okay, dann geh ich mal wieder ins Bett«, sage ich und lege den Rest der Karotte zurück.

»Warte. Ich will dir noch was sagen.«

»Was denn?«

Sie legt den Kopf schief. »Ich kenne einen Jungen, bei dem ich mich auch immer wie 'ne Idiotin fühle. Einfach nur, weil ich ihn … netter finde als die anderen Blödmänner. So was muss einem nicht peinlich sein.«

Schockiert starre ich Melle an, ich kann nicht glauben, was sie da eben von sich gegeben hat. Warum erzählt sie mir das alles? Hat sie etwa meine Chaoshitliste gelesen?

»Du hast in meinem Zimmer rumgeschnüffelt!«, rufe ich wütend. »Das ist meine Liste, die geht niemanden etwas an!«

»Ich habe nicht herumgeschnüffelt, sondern nach einer Schere gesucht! Die Liste lag offen in deiner Schreibtischschublade. Woher soll ich wissen, dass sie geheim ist?«

»Sie ist nicht geheim! Sie ist privat! Und sie geht niemanden was an! Wenn ich rauskriege, dass du irgendwem nur ein Sterbenswörtchen davon erzählst, dann …«

Bevor ich meine Drohung zu Ende aussprechen kann, geht die Tür auf, Papa kommt ärgerlich und verschlafen in die Küche, sieht erstaunt, dass wir uns wie zwei Boxer im Ring gegenüberstehen.

»Sagt mal, müsst ihr hier so rumschreien? Es ist mitten in der Nacht! Wir haben morgen alle einen anstrengenden Tag.«

»Ja, und deswegen geh ich jetzt auch ins Bett!«, fauche ich wütend und stürme aus der Küche, die Treppe hoch in die Dachkammer, wo ich mich aufs Bett werfe. So ein verkorkster Tag! Schlimmer kann er nicht mehr werden!

Doch kaum hab ich mich auf der Matratze unter der offenen Dachluke in meine Decke eingerollt, werde ich vom Gegenteil überzeugt: Ein heftiger Platzregen geht ohne Vorankündigung über mir los. Als ich Sekunden später die Dachluke schließe, ist meine Matratze schon komplett durchnässt. Und ich sowieso – war ja klar.

Als ich am nächsten Morgen von einem Sonnenstrahl auf meinem Gesicht geweckt werde, brauche ich eine Weile, bis ich weiß, wo ich bin und was für ein Tag heute ist. Besonders angenehm war die Nacht auf der feuchten Matratze nicht, aber ich habe keine Zeit zum Jammern, ich will weg, bevor Melle auftaucht. Und auf Diskussionen mit Papa wegen der vergangenen Nacht habe ich genauso wenig Lust.

Nachdem ich die Bettdecke zum Trocknen über eine Wäscheleine gelegt habe, schleiche ich nach unten ins Bad, um mich schnell fertig zu machen. Ich schaffe es, vor allen anderen beim Frühstück zu sein und Papa mit einem »Kommt nicht wieder vor« abzuspeisen. Bevor ich aus der Tür schlüpfe, drückt Mama mir im Flur noch einen Kuss auf die Wange und hält ihre gedrückten Daumen in die Höhe. Sie meckert nicht, dass ich nicht auf Melle warte, sondern lässt mich gehen. Papa muss ihr von gestern Nacht erzählt haben.

Erleichtert mache ich mich auf den Weg, und da ich früh dran bin, kann ich mir jetzt Zeit lassen.

»Warte!«, höre ich es plötzlich hinter mir rufen. Diese Stimme kenne ich, es ist Melle, die hinter mir herläuft. Ich tue so, als ob ich nichts gehört hätte, und erhöhe mein Schritttempo. Doch Melle ist erstaunlich schnell, sie holt mich ein, ohne aus der Puste zu kommen. Nur ihr sonst blasses Gesicht ist auf einmal so rot, dass ihre Sommersprossen darin praktisch verschwinden.

»Ist das dein neuer Sport: vor mir weglaufen?«

»Ich lauf nicht vor dir weg, ich hab's eilig. Das ist alles.«

»Das glaubst du doch selbst nicht. Du bist sauer, weil ich deine Liste gelesen habe.«

»Kannst du endlich mal mit dieser Liste aufhören!?«

»Schon gut, kein Wort mehr. Auch nicht bei deinen Freunden. Okay?«

Ich gucke Melle giftig an, weil sie jetzt auch noch meine Freunde ins Spiel bringt.

Kurz entschlossen biege ich nicht wie sonst ab, um bei Malte und Paul vorbeizugehen, sondern nehme den direkten Weg zur Schule. Mit Melle will ich meine Freunde nicht teilen.

»Okay?«, wiederholt Melle penetrant.

»Ja«, zische ich genervt. Hauptsache, sie gibt Ruhe.

Wir gehen stumm nebeneinander her, aus den Augenwinkeln sehe ich Melles tagesaktuelle Farbkombination: pinkes Kleid zu karottenroten Haaren – nicht zu übersehen. Die Schule ist inzwischen in Sichtweite. Fremde fallen an unserer kleinen Schule sowieso auf, aber Melles Outfit wirkt wie ein Leuchtfeuer: Seht alle her! Ich bin's, Erics Cousine!

Tatsächlich drehen sich einige Schüler auf dem Schulhof nach uns um und gucken neugierig. Am Schuleingang steht Lara mit Sophie, sie blickt lächelnd zu uns rüber. Das kann nur Zufall sein, aber als wir näher kommen und sie uns zuwinkt, bin ich so verdattert, dass ich zaghaft lächle und zurückwinke. Doch im selben Moment wird mir klar, dass das ein riesengroßer Fehler ist: Lara hat nicht mich gemeint, sondern Kai, der lässig an uns vorüberzieht, Lara entgegen. Damit ich nicht wie der größte Vollpfosten dastehe, tue ich so, als würde ich jemandem zuwinken, der hinter Lara steht. Dass da niemand außer Vogel ist, der gerade in die Schule will, ist Pech, läuft für mich aber unter der Rubrik Schadensbegrenzung. Vogel wirft mir einen seiner irritierten Blicke zu, bevor er im Inneren des Gebäudes verschwindet.

Melle tut mir nicht diesen Gefallen. »Ist *das* diese Lara?«, fragt sie mich von der Seite, während sie mit dem Finger auf sie zeigt. Das haut mich dermaßen aus dem Programm, dass ich die Leine übersehe, mit der Vogel seinen weißen Mops an der Mauer festgebun-

den hat. Ich bleibe mit dem rechten Fuß hängen, stolpere und lande der Länge nach auf dem Hinterteil des Hundes. Der jault vor Schreck laut auf und fletscht die Zähne, bevor er mich beleidigt anbellt. Ich knurre ihn an. Herr Vogel, der aus der Schule zurückgelaufen kommt, sieht es.

»Schon gut, Napoleon«, beruhigt er seinen Mops mit finsterem Seitenblick zu mir, bevor er ihn losmacht, um ihn mit ins Schulgebäude zu nehmen. Ich ignoriere Melles Hand, die sich mir entgegenstreckt, und rapple mich alleine auf. Während ich den Staub von meiner Hose klopfe, sehe ich aus den Augenwinkeln, dass sich Lara, Sophie und Kai Witze hin- und herschieben. Klar, über wen! Sauer blitze ich Melle an.

»Das hast du mir eingebrockt!«

Melle zeigt mir einen Vogel.

»Natürlich«, setze ich nach. »Hättest du mich nicht abgelenkt, hätte ich die Leine gesehen.«

»Ich dich abgelenkt? Du hast doch nur Augen für diese Lara gehabt«, schießt Melle zurück. »Und wenn wir schon mal bei der Wahrheit sind: Ich weiß nicht, was du an dieser Modepuppe findest. Außen Lack, innen hohl wie 'ne Christbaumkugel.«

Ich weiß nicht, warum, aber Melles Worte bringen mich zum

Kochen, ich geh hoch wie eine Rakete. »Kannst du einfach mal deine Klappe halten! Keiner fragt dich nach deiner Meinung.«

Melle zieht eine Schnute und geht alleine weiter, direkt an Kai vorbei, der neben Lara und Sophie an einem Pfeiler lehnt. Ich ahne Fürchterliches. Doch um die drohende Katastrophe zu verhindern, ist es schon zu spät.

»Habt ihr noch nie jemanden gesehen, der stolpert?«, höre ich Melle zu meinem Entsetzen sagen. Mir wird schon vom Zuhören heiß.

Kai sieht Melle unbeeindruckt an, mit diesem überheblich-coolen Blick, den er draufhat wie kein Zweiter: »Wenn ich so darüber nachdenke: Bei Eric sehen wir das dauernd. Bist du sein Bodyguard oder seine Freundin?«

»Weder noch. Seine Großcousine.«

»Dann kennst du ihn ja.«

»Auf jeden Fall sehr viel länger als ihr. Wir haben früher zusammen in der Badewanne gesessen.«

Was erzählt sie da bloß?! Mir wird schwindelig, so peinlich ist das.

»In der Badewanne?«, fragt Kai amüsiert und lässt die Wörter langsam auf seiner Zunge zergehen. »*Da* hast du uns wirklich was voraus.«

Er grinst die beiden Mädchen neben ihm

vielsagend an. Lara und Sophie kichern vor sich hin. Bevor Melle noch mehr solche schrecklichen Wahrheiten über mich verbreitet, die nachher wie ein Kaugummi unterm Tisch an mir kleben bleiben, springe ich zu ihr und ziehe sie am Arm weg.

»Noch ein Wort über mich …!«, zische ich ihr zu, während ich sie durch die Tür des Schulgebäudes schiebe. Was ich ihr für den Fall des Falles androhe, weiß ich nicht. Wahrscheinlich würde ich als Erstes ihre Pullis in viele kleine Stücke zerschneiden.

»Deine Sache«, sagt Melle. »Wenn du dich von dieser Ziege und diesem Pfau beeindrucken lässt, tust du mir leid. Sag nachher aber nicht, ich hätte dich nicht gewarnt.«

Mit diesen Worten verschwindet Melle im Sekretariat, wo sie sich melden soll. Ich stehe einen Moment benommen da, bevor ich mich auf den Weg zur Schulbibliothek mache. Dort erwartet mich schon mein nächstes schreckliches Schicksal, diesmal in Gestalt von Herrn Vogel.

10

Herr Vogel wartet nicht allein in der Schulbibliothek, er hat seinen Hund bei sich, der mich zur Begrüßung grimmig anknurrt. Eigentlich hätte er frei, macht mir mein Lehrer gleich klar, er sei nur wegen mir gekommen. Dass er seinen Hund, der sehr sensibel ist, deswegen alleine zu Hause lässt, könne ich jedoch nicht von ihm erwarten. Sein Mops sei ein ganz lieber, sagt Vogel und tätschelt Napoleon beruhigend, zumindest wenn man ihn nicht herausfordert.

Ich bin mir nach unserer Begegnung auf dem Schulhof nicht sicher, ob das stimmt, aber ich möchte Vogel nicht unnötig reizen. Den Mops auch nicht, denn der hört nicht auf, mich anzuknurren. Für Vogel ist das ein Zeichen, dass ich über meinen Charakter nachdenken sollte, denn

sein Hund spüre die Wellen, die von einem Menschen ausgehen, so wie ein Seismograf Erdstöße wahrnimmt.

Anscheinend hat Vogel trotzdem einen Anflug von Mitleid mit mir, denn während er mir zwei Aufgabenzettel vor die Nase hält, gibt er mir den Tipp, Verneinungen um das gebeugte Verb herum zu gruppieren, egal, ob mir diese Regel gefällt oder nicht. Und wenn ich nicht weiterweiß, soll ich zur nächsten Aufgabe gehen, statt Zeit zu vergeuden.

Die neuen Aufgaben, die sich Vogel für mich ausgedacht hat, haben es in sich. Unter seinem kritischen Blick und den klopfenden Fingern fange ich an zu schwitzen, auch ohne Schal oder Melle. Die Buchstaben verschwimmen vor meinen Augen, gestresst stoße ich mit dem Ellenbogen mein Mäppchen vom Tisch. Der gesamte Inhalt fällt zu Boden, die Schere direkt vor Napoleons Nase. Der macht einen Satz zur Seite und fängt erneut an, mich anzukläffen.

»Mon Dieu!«, ruft Herr Vogel. »Jetzt reiß dich mal zusammen! Wir sind hier nicht im Zirkus!«

Da nicht eindeutig ist, ob Vogel mich oder seinen Hund meint, stehe ich auf und sammele alles wieder ein, bis auf einen meiner beiden Füller, den neuen coolen, denn den hat sich Napoleon inzwischen als Knochenersatz geschnappt und beißt darauf herum.

»Keine Tricks, Eric!«, mahnt Vogel, während er eine Zeitung und eine

Flasche Wasser aus seiner Tasche holt und sich hinsetzt. Mit Zeige- und Mittelfinger zeigt er erst auf seine Augen und dann auf mich, soll heißen, er hat mich auch beim Lesen im Blick. Ich ducke mich unter den Tisch und knurre Napoleon lautlos, aber mit tödlichem Blick an, damit mein Lehrer nichts davon mitbekommt, doch der Mops lässt sich von mir nicht einschüchtern. Als ich ihm den Füller mit einem Ruck entreiße, verbeißt er sich wütend in meine Hose.

»Herr Vogel!«, rufe ich meinen Lehrer zu Hilfe.

»Keine Tricks, Eric, hab ich gesagt!«, wiederholt mein Lehrer, ohne von seiner Zeitung aufzusehen.

Weil ich keine Ahnung habe, wie ich Napoleon anders loswerden kann, gebe ich ihm den Füller zurück, der inzwischen sowieso nur noch halb so cool aussieht, und nehme stattdessen meinen alten zum Schreiben. Sofort lässt Napoleon von mir ab und wendet sich seinem wiedergewonnenen Spielzeug zu.

Ich versuche, mich auf meine Arbeit zu konzentrieren und mich an das zu erinnern, was meine Freunde mir in den letzten Tagen eingetrichtert haben. Doch das Wissen bröckelt nur krümelweise aus meinem Hirn heraus. Allein für die erste Aufgabe brauche ich eine Viertelstunde.

Vogels Blick fällt auf meinen Füller, der herrenlos auf dem Boden liegt, weil Napoleon schon wieder das Interesse an seinem Spielzeug verloren hat. Vorwurfsvoll legt er ihn neben mich auf den Tisch.

»So ein schöner Füller, und du gehst mit ihm um, tsss …«

Ich verzichte darauf, ihn aufzuklären, dass sein hochsensibler Mops meinen Füller so zugerichtet hat. Vogel geht zurück an seinen Platz, nimmt seine Zeitung wieder auf und schlägt die Seite mit dem Wochenhoroskop auf. Es zieht ihn sofort in den Bann, und wenn ich seine Mimik richtig lese, scheint keine gute Zukunft für ihn im Anmarsch zu sein, denn schlagartig wird mein Lehrer blass, knöpft sein Sakko auf und zerrt am Krawattenknoten herum, als ob er keine Luft bekommen würde.

Jeder in der Schule weiß, wie abergläubisch Vogel ist, aber so habe ich ihn noch nie gesehen. Er springt auf, läuft zum Fenster und reißt es auf. So plötzlich, dass sein Hund ebenfalls aufspringt und aufgeregt hin und her läuft.

»Wegen der schlechten Luft«, behauptet Vogel, als er merkt, dass ich ihn anstarre. Warnend hält er seinen Zeigefinger in die Höhe. »Ich sag dir eins: Ich werde mir die Woche von dir nicht verderben lassen!«

In dem Moment klingelt es, Vogel reißt mir die Arbeit aus der Hand und wirft einen Blick darauf. Schon runzelt er die Stirn. »Oh, Eric, Adverbien und Adjektive sind nicht dasselbe, weißt du das immer noch nicht?«

Ich sinke innerlich zusammen. Dann ist die erste Aufgabe schon mal im Eimer. Während ich den knurrenden Napoleon mit dem Fuß zur Seite schiebe, weil er an mir hochklettern will, und Vogel stirnrunzelnd meine Arbeit liest, fummele ich angespannt an dem Feuerzeug in meiner Hosentasche herum. Es ist wohltuend kalt, und das Zündrad ist wie geschaffen für meine nervösen Finger.

Plötzlich spüre ich ein merkwürdiges Brizzeln an meinem Oberschenkel, und als ich erschrocken aufspringe, sehe ich, dass sich ein gleißend blaues Licht über meinem ganzen Körper ausbreitet und mich leuchten lässt. Vor lauter Schreck bleibe ich wie angewurzelt stehen. Vogel bekommt von all dem nichts mit, nur sein Mops starrt mich an: Er hat das Knurren vergessen, mit hochgestellten Ohren, die er wie einen Radar im Halbrund kreisen lässt, weicht er Schritt für Schritt vor mir zurück. Obwohl ich um Hilfe schreie, kann ich mich nicht hören, es ist wie in einem Traum, und während ich mich hilflos schüttele, überstrahlt das Licht nacheinander mich, dann Vogel, seinen Hund und schließlich den ganzen Raum, bis alle Konturen zerfließen und alles nur noch Licht ist.

So schnell, wie es gekommen ist, ist das Licht wieder verschwunden. Ebenso das Brizzeln. So etwas habe ich noch nie erlebt. Ich hatte mal Ohrensausen oder Drehschwindel, aber da habe ich mich krank gefühlt und nicht irre. Ich rede mir ein, dass es eine Stressreaktion war, Halluzinationen – nichts weiter. Kein Wunder bei all dem, was ich durchmachen muss.

Komisch nur, dass Vogel auf einmal wieder mit zugeknöpftem Sakko an seinem Tisch sitzt und Zeitung liest, statt neben mir zu stehen und sich über meine Arbeit aufzuregen. Und noch komischer, dass Napoleon, der eben noch vor mir zurückgewichen ist, als wäre ich ein Alien, auf einmal wieder mit meinem Füller im Maul neben mir hockt. Er lässt ihn aus seiner Schnauze fallen und starrt mich an, dann bearbeitet er ihn weiter. Und dann wird es richtig komisch: Meine beiden Aufgabenzettel, die Vogel mir vorhin abgenommen hat, liegen auf einmal wieder vor mir. Sie sind bis auf die ersten beiden Aufgaben leer, obwohl ich der festen Überzeugung bin, dass ich sie vorhin fast ausgefüllt hatte. Ich bin total verwirrt und sehe mich im Raum um, mein Blick bleibt an der Wanduhr kleben. Sie muss während der Arbeit stehen geblieben sein. Ich vergleiche die Zeit mit der auf meiner Armbanduhr, und kann es nicht fassen: Sie zeigt dasselbe an. Mir bleibt noch eine Viertelstunde bis zum Klingeln. Hab ich sie nicht mehr alle? Oder war das alles ein Traum? Es wäre nicht das erste Mal, dass ich im Französischunterricht eingeschlafen bin. Nur war es bisher so, dass die Welt in der Zwischenzeit weiter ihre Runde gezogen hat und ich einen Bruchteil der Runde verpasst habe. Heute ist es genau das Gegenteil. Die Welt hat sich *zurück*gedreht. Ich erlebe das Gleiche wie schon einmal, nur ein bisschen anders. Ich habe keine Ahnung, warum, aber wenn das stimmt, dann muss Vogel es auch bemerkt haben.

Ohne nachzudenken, melde ich mich. »Kann ich Sie was fragen, Herr Vogel?«

Vogel blickt skeptisch auf. Sein Blick reicht mir, um zu merken, dass es ein Fehler war, sich zu melden.

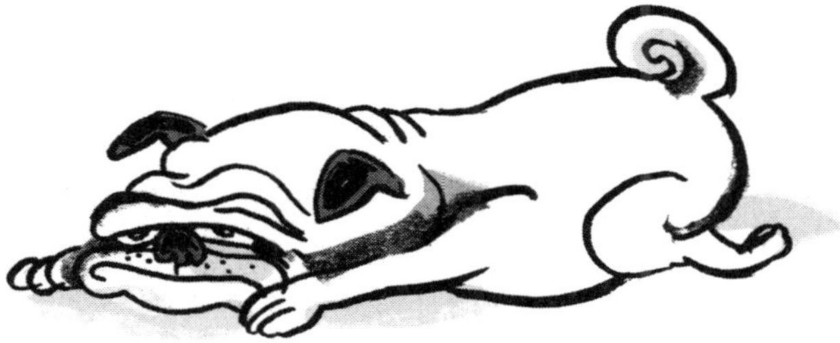

»Fragen, ja.«

»Ist Ihnen eben etwas … aufgefallen … vi-vielleicht?«, stottere ich.

»Was soll mir aufgefallen sein? Dass du Löcher in die Luft starrst, statt dich auf deine Aufgaben zu konzentrieren? Oder dass du heute noch kein Klo verwüstet hast? Du musst deine Frage schon präzise stellen.«

»Nein, ich meine etwas anderes. Ungewöhnliches. Etwas, das mit der Zeit zu tun hat.«

»Etwas Ungewöhnliches mit der Zeit?«, wiederholt Vogel überrascht. »Nur, dass ich an meinem freien Tag hier sitze und dich beaufsichtige, statt es mir zu Hause gemütlich zu machen. Aber sonst ist alles wie immer, Eric: Du hast Probleme und willst davon ablenken. Beantwortet das deine Frage?«

Ich nicke wenig überzeugt und entscheide, mein Erlebnis besser für mich zu behalten. Ich weiß nicht, was hier los ist, aber wie es aussieht, schreibe ich gerade meine Nacharbeit und sollte die Zeit, die mir bleibt, nicht damit verschwenden, über etwas nachzugrübeln, das ich im Moment nicht klären kann. Also hebe ich meinen Füller vom Boden auf und wische Napoleons Speichel an der Hose ab, dann versuche ich mich auf die Arbeit zu konzentrieren. Obwohl ich keinen blassen Schimmer habe, wie ich die Aufgaben lösen soll, kommen sie mir bekannt vor. So als hätte ich sie schon einmal gelesen. Einfach irre!

Wie aufs Stichwort wirft Vogel die Zeitung auf den Tisch, springt von seinem Platz auf, während er an seinem Krawattenknoten herumzerrt. Er reißt das Fenster auf und schnappt nach Luft. »Mon Dieu, die schlechten Wellen, ich kann sie spüren. Das muss das Unglück sein, vor dem das Horoskop warnt.«

Es klingelt, ich stehe leise auf und lasse meine Arbeit auf dem Tisch liegen, um Herrn Vogel nicht zu stören, doch der dreht sich abrupt zu mir um.

»Ist es das, was du vorhin mit ungewöhnlich gemeint hast? Spürst du sie auch, Eric?«

»Was denn?«

»Na was wohl: die Wellen!«

»Sorry, Herr Vogel, alles normal hier«, antworte ich.

Ich gucke Herrn Vogel an, Herr Vogel guckt mich an. Er atmet tief aus, dann macht er einen auf ultraentspannt. »Kein Problem, Eric, für Wellen braucht man spezielle Antennen. Mach dir keinen Kopf, wenn du sie nicht hast.«

Mit einer Handbewegung signalisiert er mir, dass ich gehen darf. Nichts tue ich lieber. Vogels Wellen sind mir egal, es gibt Wichtigeres!

Als ich die Tür aufreiße, knallt sie mit voller Wucht gegen Mühlrath, der gerade eine alte Kloschüssel durch den Gang schleppt. Vor Schreck lässt er sie auf den Boden fallen, sie zerspringt in tausend Einzelteile, die sich im Gang verteilen. Mühlrath kocht vor Wut.

»Geweih und Donnerbruch! Das machst du extra!«

»Nein. Herr Vogel hat mich herausgeschickt …«

Herr Mühlrath stemmt seine Arme in die Seite. »Ach so ist das! Dann ist Herr Vogel auch daran schuld, dass ich gestern stundenlang die übergelaufene Toilette reparieren musste. Und dass ich vor den Ferien noch die Rohrleitungen im ganzen Haus überprüfen darf!«, bellt er zurück. »Wäre gut, wenn ihm das mal einer sagt!«

Und schon kommt Vogel aus der Bibliothek.

»Was ist hier für ein Lärm? Und was soll man mir sagen?«

»Dieses verzogene Würstchen hier macht sich lustig über mich!«

»Mach ich doch gar nicht!«

»Glaubst wohl, du bist was Besseres«, bellt Mühlrath unbeirrt weiter. »Nur weil deine Eltern studiert sind.«

»Haben«, verbessere ich Mühlrath, was ich sofort bereue. Denn Mühlrath schwillt vor Wut auf doppelte Größe an und schüttelt seine Faust. »Ich bin hier nicht der Schuldepp!«

Vogel legt Mühlrath besänftigend die Hand auf die Schulter. »Am besten, Sie überlassen den jungen Mann mir. Sie holen etwas zum Aufkehren und beruhigen sich derweil.«

Mühlrath nickt grimmig und zieht ab. Vogel zieht den bellenden Napoleon zu sich heran und hält mir seinen Zeigefinger vor die Nase. »Du wartest hier, bis Herr Mühlrath zurück ist, und hilfst ihm beim Aufräumen. Verstanden? Ich muss mit Napoleon Gassi gehen. Und keine Tricks, Eric!«

Ich nicke, weil ich weiß, dass man rohe Eier und Vogel besser vorsichtig behandelt, damit sie nicht platzen. Und Mühlrath bringt man auch lieber nicht gegen sich auf. Sonst verfolgt er einen so lange, bis man freiwillig die Rohrzangen für ihn trägt. Damit ist klar, dass ich meine Pause streichen kann.

Genervt lehne ich mich gegen die Wand, während Vogel mit Napoleon abzieht. Was für ein Tag! Warum kann sich die Welt nicht *jetzt* ein bisschen zurückdrehen? Hä? Kann sie das nicht noch ein zweites Mal tun? Für mich Eric Fail?

Ich versuche, mich zu erinnern, wie es vorhin anfing – zuerst der Moment, in dem Vogel sich meine Arbeit angesehen hatte und ich Napoleon am liebsten auf den Mars katapultiert hätte. Und danach kam dieses Licht. Nein, vorher war dieses kribbelige Gefühl an meinem Oberschenkel. Da, wo die Hosentasche sitzt. Als ich hinfasse, fällt es mir ein. Das Feuerzeug! Vorsichtig ziehe ich es aus der Tasche und schaue es mir an. Die kleinen Räder, mit de-

nen man zündet und die Größe der Flamme einstellen kann, haben schon Rost angesetzt. Dieses Ding soll alles ausgelöst haben? Kaum zu glauben.

Andererseits: Es fühlt sich kalt an, obwohl es seit Stunden in der warmen Hosentasche liegt. Und obwohl ich in der Hosentasche mit dem Zündrad gespielt hatte, habe ich mich nicht verbrannt. Ganz schön verdächtige Obwohls.

In diesem Moment kommt Mühlrath zurück. In einer Hand trägt er ein langstieliges Kehrset, bei dem man sich nicht bücken muss, in der anderen trägt er ein Kehrset für Kinder. Sonnenklar, für wen es gedacht ist. Da hätte er auch gleich eine Zahnbürste nehmen können, damit ich die Scherben aus den Ritzen kratzen kann. Lächelnd streckt er mir das Kinderkehrblech entgegen. Ich nehme es, aber im selben Moment treffe ich eine Entscheidung: Ich werde *nicht* auf dem Boden rumrutschen und das Klo zusammensuchen!

Kaum hat mir Mühlrath den Rücken zugewandt, halte ich das Feuerzeug hoch und drehe am Zündrad: Statt einer Flamme schießt ein weißblaues Licht hervor, das sich ausbreitet, und während meine Hand kribbelt, verschluckt es erst mich, dann meine ganze Umgebung. Ich, Herr Mühlrath, der Gang mit den Scherben – alles verschwindet in diesem gleißenden Licht.

Das Ganze dauert keinen Pulsschlag lang, und *zack!* finde ich mich mit der Kehrschaufel in der Hand in der Bibliothek wieder. Es hat geklappt! Vogel wundert sich, dass ich so gut gelaunt bin, er gibt mir ein Zeichen, dass ich gehen soll, und ich stürme wie schon einmal durch die Tür nach draußen, mittenrein in den Hausmeister, der seine Kloschüssel fallen lässt. Doch diesmal bin ich schneller und übernehme das Kommando. »Fuck und nochmals fuck! Das machen Sie voll extra!«

Mühlrath, der gerade seine Flüche loswerden wollte, hält verblüfft inne. »Was redest du da? Der Direktor hat mir den Auftrag gegeben.«

Ich stemme meine Arme in die Seite. »Wollen Sie sagen, der Direx ist daran schuld, dass Sie das Klo zerscheppert haben?«

»Natürlich nicht! Aber ich konnte nicht wissen, dass du da plötzlich herausgerannt kommst.«

»Ist es in 'ner Schule wahrscheinlicher, dass jemand aus der Tür kommt oder dass jemand Klos durch die Gänge schleppt?

Mühlrath weiß darauf keine Antwort. Hilflos kratzt er sich am Kopf.

»Ich an Ihrer Stelle würde schnell aufräumen, bevor Herr Vogel dem Direx davon erzählt. Gleich kommt er aus der Bibliothek ...« Ich gucke auf meine Armbanduhr. »Zu spät. Er kommt genau ... *jetzt.*«

Wie aufs Stichwort kommt Vogel zur Tür heraus. »Was soll ich wem erzählen?«

Mühlrath guckt erst mich, dann Vogel verdattert an. Ich antworte grinsend: »Herr Mühlrath übt Kloweitwerfen, für den Schulwettbewerb. Aber psst! Darf niemand wissen.«

»Was erzählst du da?«

Vogel sieht Mühlrath kopfschüttelnd an. »Sie haben Ideen … Schlimmer als die Schüler. Besser, Sie machen hier Ordnung, bevor es noch einen Unfall gibt.«

Ich strecke dem Hausmeister lächelnd das Kinderkehrset entgegen, Mühlrath nimmt es knurrend, kniet sich hin und macht sich an die Arbeit, den Boden sauber zu fegen, Quadrat für Quadrat. Vogel zieht erstaunt die Augenbrauen hoch.

»So bekommt man den Tag auch herum«, sagt er zu Napoleon, während er mit ihm abzieht. Ich dreh mich um, überlasse Mühlrath seinem Schicksal und laufe bestens gelaunt in die Pausenhalle, um meine Freunde zu suchen. Ich muss ihnen unbedingt erzählen, was passiert ist, sonst implodiere ich, so aufgeregt bin ich.

Malte und Paul haben schon auf mich gewartet, sie wollen wissen, warum ich ohne sie zur Schule gegangen bin, weil das wirklich selten vorkommt. Ich kürze die Sache mit Melle rasant ab, weil es Wichtigeres zu erzählen gibt. Mir ist klar, dass meine Geschichte unglaublich klingen muss, einfach komplett verrückt, selbst für meine Freunde, die schon allerhand mit mir erlebt haben. Während sie zuhören, steht ihnen der Mund offen.

»Vielleicht hat dein Kopf ja doch was abbekommen«, wendet Paul erwartungsgemäß ein, nachdem er den Mund wieder zugeklappt hat.

Ich beuge mich vor, zeige meinen Kopf von allen Seiten. »Siehst du irgendwo eine Beule oder Schramme?«

Paul zeigt auf meine Stirn. »Klar, da oben! Und was für eine.«

Mist. An die hatte ich nicht mehr gedacht.

»Mal ehrlich, Eric: So 'n Marathonlernen bist du nicht gewohnt. Vielleicht waren das zu viele Vokabeln auf einmal, und jetzt hast du eine Art Gehirnkater.«

»Das ist kein Gehirnkater, das ist ein Zeichen! Ein Wink mit dem Zaunpfahl! Ich soll mein Schicksal selbst in die Hand nehmen. Verstehst du nicht?«

Nein, kein Stück, sagt mir Pauls Blick, was kein Wunder ist. Dass ich mir immer gewünscht habe, die Zeit zurückspulen zu können, um all die verpatzten Chancen und missglückten Situationen zu löschen und noch einmal von vorne zu beginnen, das weiß er nicht. Und genau das ist vorhin passiert. Zweimal hintereinander.

»Bei uns war alles normal. Eine Stunde Dinkel und null Zeitverschiebung, oder?«

Paul kickt Malte in die Seite. »Sag du doch mal was.«

»Stimmt, Gott sei Dank nur 45 Minuten, es war gähnend langweilig.« In Maltes Gesicht flackert ein Grinsen auf. »Aber stellt euch vor, das ginge wirklich. Dann könnte Eric Vogels Aufgaben abfotografieren, die Zeit zurückdrehen, in Ruhe alles nachschlagen und dann eine Eins schreiben. Vogel würde vom Glauben abfallen.«

Paul zieht eine Grimasse. »Ja, aber so was gibt's nicht! Und wenn, dann könnte es nur durch etwas Gewaltiges ausgelöst werden, so was wie ein Blitz oder ein Vulkanausbruch, nicht durch ein Feuerzeug.«

»Kann ich das Ding mal sehen?«, fragt Malte.

Ich krame das Feuerzeug aus meiner Hosentasche, Malte nimmt es in die Hand. »Mann, ist das kalt. Wie ein toter Hering auf Eis.«

Paul ist jetzt auch neugierig geworden und nimmt ihm das Feuerzeug ab. Er sieht es sich von allen Seiten an. »Und wie soll man damit die Zeit zurückdrehen? Da ist kein Schalter, kein Uhrzeiger, gar nichts! Nee, Eric, tut mir leid, das ist ein altes Feuerzeug. So eins hat mein Opa auch gehabt.«

Paul gibt mir das Feuerzeug zurück. Ich nehme es ihm nicht übel. Es klingt lächerlich, mit diesem mickrigen Ding die Welt durcheinanderwirbeln zu wollen.

»Okay. Dann beweise ich es euch. Ich geh jetzt das machen, was Malte vorgeschlagen hat: meine Arbeit abfotografieren, die ich eben geschrieben habe. Vielleicht glaubt ihr mir dann.«

Ohne die Reaktion meiner Freunde abzuwarten, werfe ich das Feuerzeug in die Luft, fange es auf und drehe es so in meiner Hand, dass es aufrecht zwischen meinen Fingern liegt. Wie in Zeitlupe setze ich meinen Daumen aufs Zündrad, koste Maltes und Pauls Blick aus, dann lasse ich den Daumen mit einem Ruck über das Rad schnellen. Während ich das Brizzeln in meiner Hand spüre, sehe ich Maltes und Pauls fassungslose Gesichter aufflackern, bevor sie mit mir zusammen im gleißenden Licht verschwinden.

Vor lauter Begeisterung, meinen Freunden das beste Schauspiel ihres Lebens zu bieten, habe ich eines übersehen: In der Zeit zurückzufliegen ist eine Sache, aber wie kriege ich eine punktgenaue Landung hin?

Ich habe null Ahnung.

Es gibt diesen blöden Erwachsenenspruch: Wer zu spät kommt, den bestraft das Leben. Zum ersten Mal habe ich das Gefühl, dass da was dran sein könnte, denn anders als geplant lande ich nicht in der Bibliothek, sondern später, nämlich draußen auf dem Gang, und ich werde sofort vom Leben bestraft.

»Sie haben Ideen … Schlimmer als die Schüler«, sagt Vogel gerade zu Mühlrath. »Besser, Sie machen hier schnell Ordnung, bevor es noch einen Unfall gibt.«

Das ist der Moment, in dem mein Einsatz mit dem Kehrblech kommen müsste, doch als ich Mühlrath meine Hand entgegenstrecke, bemerke ich, dass ich kein Kinderkehrblech mehr bei mir habe. Das habe ich zuletzt ja Mühlrath gegeben, erinnere ich mich, also ändert sich einiges. Mühlrath muss sich nun nicht mehr zum Fegen hinknien und Vogel zieht ohne weitere Kommentare mit Napoleon ab.

Ich bin so perplex, dass ich vergesse, die ausgestreckte Hand zurückzunehmen. Mühlrath zieht einen Kehrbesen aus seiner Gesäßtasche und knallt ihn mir in die Hand. »Hätte nicht gedacht, dass du mir freiwillig hilfst. Fang schon mal an, ich hol eine Schaufel.«

Ich steh da und weiß nicht weiter. Vielleicht hilft es, ein zweites Mal am Feuerzeug zu drehen, um dort zu landen, wo ich hinwill.

Als Mühlrath um die Ecke ist, hole ich schnell mein Feuerzeug heraus. Da legt sich eine Hand auf meine Schulter. Erschrocken fahre ich mit dem Besen in der Hand herum und treffe volle Latte Knuts Nase, die sofort zu bluten anfängt.

»Oh, sorry!«, sage ich und verwünsche Knut, weil er meinen Plan durchkreuzt. »Warum schleichst du dich auch so an?«

Knut hält sich die Nase mit zurückgelegtem Kopf fest.

»Dachte, das machen Agenten so«, näselt er. »Glaubst du, das MI6 könnte mich auch gebrauchen?«

MI6. Das habe ich nun davon, dass ich Knut die Agentennummer aufgetischt habe. Wenn ich hier wegwill, bevor Mühlrath zurückkommt, muss ich sie weiterspielen. Tut mir leid für Knut.

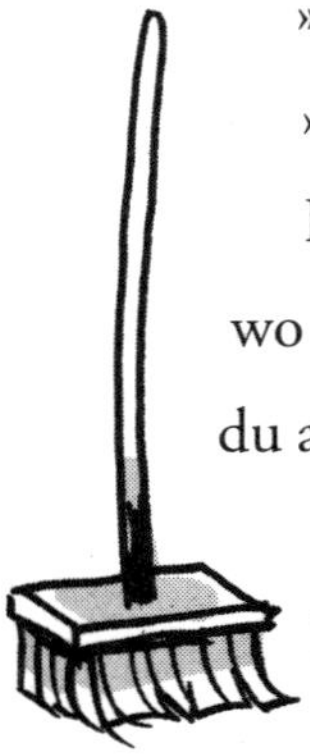

»Du könntest *mir* helfen.«

»Wow«, haucht Knut. »Was soll ich machen?«

Ich drücke ihm den Besen in die freie Hand, denn da, wo ich hinwill, kann ich keinen gebrauchen. »Den legst du auf den Türrahmen im Haupteingang ab. Und zwar mit den Besenhaaren nach oben und dem Griff nach rechts. Hast du verstanden? Das ist ein Code.«

Knut nickt ehrfurchtsvoll und eilt los, zwischendurch legt er den Kopf in den Nacken. Sobald er um die Ecke gebogen ist, nehme ich mein Feuerzeug und drehe mit Schwung am Rädchen. Ich bin gespannt, wo ich landen werde.

Diesmal habe ich Schwein: Auf einmal sitze ich an meinem Tisch in der Bibliothek, als hätte es Mühlrath und Knut nie gegeben, und die Franzearbeit liegt vor mir. Das überirdische Leuchten hat sich wie eine Fata Morgana in Luft aufgelöst. Ein kurzer Blick auf die Uhr verrät mir, dass es in wenigen Minuten zur Pause klingeln muss. Vogel läuft mit rotem Kopf vor dem geöffneten Fenster hin und her und fächelt sich mit der Zeitung Luft zu. Napoleon, der etwas vom Boden leckt, hält inne. Als er mich sieht, legt er seinen Kopf schief und hechelt mich an.

Mir fällt meine Mission ein: die Aufgaben zu fotografieren. Wenn ich es vor dem Klingeln schaffen will, muss ich mich beeilen und Vogel ablenken.

»Herr Vogel«, melde ich mich.

»Was ist, Eric?«

»Nicht, dass Sie mich für verrückt halten: Aber ich spür was … Da ist was in der Luft …«

Vogel bleibt schlagartig stehen. Nervös klopft er mit den Fingern auf dem Fensterbrett herum.

»Machst du dich über mich lustig?«, fragt er misstrauisch.

»Nein! Da sind so … Wellen. Spüren Sie's nicht? Ich habe das Gefühl, sie kommen von draußen herein.«

Vogel stockt der Atem. Während er erschrocken nach draußen schaut und dann die Fenster sorgsam verschließt, hole ich mein Smartphone hervor und fotografiere die Arbeitsblätter. Als es klingelt und Vogel sich wieder zu mir umdreht, um meine Arbeit einzukassieren, steckt mein Handy schon wieder in der Hosentasche. Vogel sieht mich anders an als sonst, beinahe wohlwollend.

»So sensibel hätte ich dich nicht eingeschätzt. Wenn ich mich in dir getäuscht habe, tut es mir sehr leid.«

Ich nicke betreten, *mir* tut es ein bisschen leid, dass ich meinen Lehrer so an der Nase herumführe. Vogel wirft einen kurzen Blick auf meine Arbeit, seufzt und guckt mich entschuldigend an.

»Wie soll ich dir nur helfen, Junge? Die Zeiten wirfst du durcheinander. Das sind keine Lottokugeln. Siehst du denn nicht die Signalwörter fürs *passé composé*? Hier: *la semaine dernière, deux ans avant, dix-neuf-cent-quatre-vingt.*«

Er zögert, dann legt er mir die Arbeit auf meinen Tisch zurück, dreht sich zu seiner Tasche um, sodass er mir den Rücken zukehrt und legt umständlich seine Zeitung zusammen. Um seine Sachen einzupacken braucht er noch mal eine halbe Ewigkeit. Ich habe das dumpfe Gefühl, hier passiert etwas Ungeheuerliches: *Mein Lehrer* stiftet *mich* dazu an, meine Arbeit um ein paar Hoffnungspunkte zu verbessern, indem ich Signalworte suche und die richtige Zeitform eintrage. Bei jedem anderen Lehrer würde ich das unter der Überschrift »Äußerst seltene Reaktion« abheften, aber nicht bei Vogel, diesem Korinthenkacker! Ich bin so verblüfft, dass ich nicht anders kann, als dem seltsamen Treiben meines Lehrers zuzusehen, bis er sich wieder zu mir umdreht. Mit einem Blick registriert er, dass ich meine Chance nicht genutzt habe, und ich habe das Gefühl, dass in seinen trüben Augen Enttäuschung mitschwimmt. Oder ist es Anerkennung, weil ich nicht geschummelt habe? Er weiß ja nicht, dass die paar Berichtigungen nichts sind im Vergleich zu meiner Großrettungsaktion, die gerade anläuft.

Weil Herr Vogel nichts unternimmt, strecke ich ihm meine Arbeit entgegen und mache mich aus dem Staub. Ich kann es kaum abwarten, zu erfahren, was meine Freunde in der Zwischenzeit erlebt haben, und außerdem muss ich mich ranhalten, um meinen Plan zu Ende zu bringen. Diesmal zähle ich bis dreißig, bevor ich die Tür aufreiße, um sicherzugehen, dass ich die Klippe namens Mühlrath sicher umschiffe. Als ich die Tür öffne, verschwindet Mühlrath mit seiner Last gerade um die Ecke – es hat also geklappt.

Selbst wenn es verrückt klingt: In diesem Augenblick sehe ich meine Zukunft als Paradies auf Erden. Mit ein bisschen Planung kann ich von jetzt an jeden Patzer rückgängig machen, jede Begegnung neu gestalten. Ist das nicht wunderbar? Mühlraths Hinterkopf als Symbol des Glücks – wer hätte sich das träumen lassen? Er bestimmt nicht! Und ich auch nicht.

Nachdem ich es auch noch geschafft habe, Knut aus dem Weg zu gehen, treffen meine Freunde und ich uns in der Pausenhalle wieder. Malte und Paul sind so aufgeregt wie ich beim ersten Mal auch.

»Episch!«, ist Maltes erster Kommentar.

»Oberkrass!«, bestätigt Paul mit glühenden Wangen. »Du hast geleuchtet wie ein … wie ein …« Er kickt Malte in die Seite. »Sag du doch mal was.«

»Wie in einem Science-Fiction-Film«, beendet Malte Pauls Satz. »Und dann saßen wir plötzlich wieder bei Frau Dinkel im Unterricht und mussten uns das ganze Zeugs über Stab-, Kreuz- und Endreime von vorne anhören.«

»Malte hat seine mündliche Note aufpoliert – sein Finger war immer schon oben, bevor die Dinkel ihre Fragen gestellt hat«, grinst Paul. »Du hättest Dinkels Gesicht sehen sollen.«

»Und meinen Arm. Der hat voll den Muskelkater.«

»Gibt 'ne schöne Erinnerung.«

»Aber eins versteh ich nicht«, überlegt Malte laut, »warum haben wir *alles* mitbekommen und Vogel *nichts*?«

»Weil wir nicht so blöd sind«, witzelt Paul.

Ich schüttele den Kopf. »Glaub ich nicht.«

»Dass wir nicht so blöd sind?«

»Nein«, sage ich, »dass das der Grund ist.«

»Spuck aus. Welcher dann?« Malte und Paul sehen mich neugierig an.

»Ihr habt ins Licht geguckt, als ich das Feuerzeug gezündet habe, stimmt's?«

Allgemeines Nicken.

»Vogel hat stattdessen Zeitung gelesen.«

»Eric, kein Mensch kann *dieses* Licht übersehen. Es war überall!«

»Guck dich doch mal um. Siehst du irgendjemanden außer uns, der etwas mitbekommen hat?«

Paul blickt sich um.

»Sieht nicht so aus.« Er kratzt sich am Kopf, überlegt, was das bedeuten könnte, reißt dann die Augen auf. »Ich hab's: Nur wir beide haben dich angesehen, als du losgelegt hast. Stimmt's, Malte?«

Malte nickt.

»Mmhh ...«, überlege ich. »Mir fällt gerade etwas ein: Napoleon hat mich auch angesehen.«

»Was hat Napoleon damit zu tun?«

»Ich bin mir sicher, er hat was mitgekriegt. Er war plötzlich ganz anders drauf.«

»Wahnsinn!«, sagt Paul.

»Wahnsinn!«, sagt Malte.

Ich gucke auf die Uhr. »Hey, Leute, genug gerätselt. Was ist mit dem Plan?«

»Hast du die Fotos?«

Ich ziehe mein Smartphone aus der Tasche und zeige die abfotografierten Aufgaben. »Hier. Alles drauf.«

Malte und Paul beugen sich darüber und wischen mit ihren Fingern über den Bildschirm.

»Da hat Vogel ganz schön zugeschlagen«, stöhnt Paul.

»Ja, die Aufgaben sind echt schwer.«

»Darum brauch ich euch ja. Ich habe keine Lust, diese blöde Arbeit ein drittes Mal nachzuschreiben.«

»Vielleicht kann *ich* helfen.«

Wir fahren hoch. Vor uns steht ein pinkrotes Leuchtfeuer auf zwei Beinen, das uns anstrahlt: Melle. Ich glaube, sie merkt, dass ich mein Handy hinter meinem Rücken verstecke. Zwar lächelt sie weiter, doch ihre Augen verraten sie, sie springen von einem zum anderen. Bei mir bleiben sie hängen.

»Ist das bei euch im Norden normal, Arbeiten mehrmals zu schreiben?«

»Quatsch. Das … das war nur ein Spruch.«

»Mein Hilfsangebot war kein Spruch. Ich mein's ernst.«

»Danke. Wir schaffen das alleine«, höre ich mich sagen. Malte und Paul sehen mich an, als hätte ich sie nicht mehr alle. Paul kickt mir zusätzlich seinen Ellenbogen heimlich in die Seite. Ich kicke genauso heimlich zurück.

Melle hat verstanden. »Falls nicht, findet ihr mich in der Kantine. Ich geh die jetzt mal testen.« Überraschend streckt Melle Paul und Malte zum Abschied ihre Hand hin. »Ich bin übrigens Melle, Erics Cousine.«

Meine Freunde gucken Melle wie ein Alien an, zögernd geben sie ihr die Hand.

»Hallo. Bin Paul.«

»Und ich Malte.«

»Dann bis später.«

Kaum ist Melle wieder weg, legt Paul los: »Sie hat uns die *Hand* gegeben! Und dieses Outfit! Wo kommt die denn her?«

»Aus Stuttgart. Ich hab euch gesagt, sie ist komisch.«

»Aber auch nett.«

»Einigen wir uns auf: anders.«

»Von mir aus, aber was sollte das eben: ›Wir schaffen das alleine‹?!«

»Schaffen wir das *nicht*?«

»Kommt drauf an, wie viel Zeit du hast und ob du mit 'ner Vier zufrieden bist. Ich mein, dir steht die ganze Palette offen, du könntest richtig dicke absahnen.«

»Was sagst du, Malte?«

»Paul hat recht: Warum Krümel fressen, wenn leckere Kekse rumliegen?«

Ich fluche innerlich, denn Kekse gibt's nur mit Melles Hilfe. Aber umso mehr ich darüber nachdenke, umso mehr muss ich meinen Freunden recht geben. Ich habe nicht unendlich Zeit, um die Aufgaben zu lösen, solange ich nicht weiß, wie viel Zeit mir das Feuerzeug schenkt. Vor allem habe ich einen glasklaren Plan. Und der heißt: Erst die nächste Klassenstufe festmachen und dann Laura beeindrucken. Da man bei Vogel nie wissen kann, ob er am Ende doch noch rumzickt, birgt eine Vier ein Restrisiko. Ab einer Drei ist mir das Fährticket für die Neunte dagegen sicher.

Manchmal muss man Opfer bringen, um etwas zu erreichen. Noch so ein bescheuerter Erwachsenenspruch, der mich heute voll trifft.

Ich brauche nicht lange, um Melle in der Kantine zu finden, sie ist so auffällig wie ein Reklameschild und würde sich bestimmt auch super als Signal für Notausgänge eignen, wenn die nicht grün wären. Aber ich wette, in ihrem Koffer tummeln sich auch grasgrüne Ungeheuer, die ich irgendwann kennenlernen werde.

Damit es so aussieht, als würde ich nur zufällig auf sie stoßen, gehe ich zum Automaten und lade meine Mensakarte mit ein paar Euros auf. Hinter meinem Rücken höre ich Melles Stimme, sie sitzt an einem Tisch und isst Würstchen.

»Ich wusste, dass du kommst.«

Überrascht drehe ich mich um. »*Ich?!* Wie kommst du darauf?«

Melle antwortet mit vollen Wangen: »Du bist nicht blöd. Mein Vater kommt aus Belgien, ich bin zweisprachig aufgewachsen, und das weißt du.«

»Na und?«

»Deine Eltern haben mir erzählt, wie schlecht es mit deiner Versetzung aussieht und dass die Franzearbeit alles entscheidet.«

»Ach ja? Was haben sie dir noch alles erzählt?«

»Dass ich nachsichtig mit dir sein soll, wenn du nicht so nett bist oder meine Hilfe ausschlägst. Willst du ein Würstchen von mir?«, fügt sie unschuldig hinzu.

Fassungslos reiße ich die Augen auf. Nicht wegen der Würstchen, sondern weil meine Eltern mein Privatleben mit Eimern vor ihr ausgießen. Sie soll nachsichtig mit mir sein! Nachsichtig kann man mit jemandem sein, der seinen Burger im Klo verloren hat, der in einen Gully gefallen ist oder der von einem Zug überrollt wurde! Aber doch nicht mit mir, Eric Fail, der es gewohnt ist, alles wegzustecken! Zumindest fast alles.

»Schön, dass du dich so gut mit meinen Eltern verstehst!«, presse ich grimmig hervor.

»Finde ich auch. Sie sind echt nett, du kannst froh sein, dass du nicht meine Eltern hast.«

»Manchmal bin ich mir nicht so sicher.«

Melle grinst. »Wollen wir anfangen?«

»Wenn es dich glücklich macht … meinetwegen«, brumme ich, »aber nicht hier.«

»Hey«, hält Melle mich auf. »Deine Mensakarte – willst du sie nicht mitnehmen?«

Die hatte ich im Automaten vergessen. Bevor ich zurück bin, ist meine Cousine schon aufgestanden, hat die Karte aus dem Schlitz gezogen und streckt sie mir entgegen. Ich nehme sie genervt an mich und steuere einen anderen Tisch an, einen, der abseits hinter einem Pfeiler steht. Sichtschutz kann nicht schaden. Melle nimmt ihren halbvollen Teller und folgt mir.

»Hier werden wir nicht gestört«, sage ich.

»Du meinst, man kann uns nicht von überall sehen.«

Ertappt krame ich in meiner Tasche rum, um Melles Blick nicht zu begegnen. Ständig muss sie die Wahrheit aussprechen, sie ist ein wandelnder Lügendetektor. Komischerweise fängt Melle von einer Sekunde auf die andere an, vor sich hin zu giggern. Neugierig schaue ich zu ihr auf.

»Was ist denn jetzt schon wieder los?«

»Du bist nicht der Erste, der mit mir Probleme hat.«

Statt wie üblich bei so viel Offenheit peinlich zu schweigen, wähle ich die Offensive. »Könnte an dir liegen.«

»Könnte.«

»Stört dich das nicht?«

Melle guckt mich ernsthaft an. »Bei den meisten macht mir das nix mehr aus.«

Zu welcher Gruppe ich gehöre, sagt sie nicht, stattdessen schiebt sie ihren Teller von sich, auf dem noch ein halbes Würstchen liegt. Ich nehme das Würstchen, wickle es in eine Serviette und stecke es in meine Hosentasche.

»Für Paul«, sage ich grinsend. »Den kann man mit so was bestechen.«

Melle hebt erstaunt die Augenbrauen, doch statt eines Kommentars grinst sie zurück. »Wollen wir endlich anfangen?«

Ich wische meine Finger an Melles Serviette ab und zeige ihr die Fotos auf meinem Smartphone.

»Woher hast du die Aufgaben?«

»'ne alte Arbeit, zum Üben«, lüge ich und hoffe, ihr Lügendetektor schlägt nicht an.

Melles Augen verengen sich, während sie mich einen Moment lang fixiert. »Wenn du das sagst.« Dann schürzt sie die Lippen und konzentriert sich aufs Smartphone.

»Einfache Aufgaben, keine Hexerei«, ist ihre Schnelldiagnose. »Das kann ich dir schnell erklären.«

Ich schiebe ihr einen leeren Zettel und einen Stift zu. »Lösungen reichen fürs Erste. Das Erklären verschieben wir auf ein anderes Mal.«

»Eric Fail. Du weißt so gut wie ich, dass es kein anderes Mal geben wird. Du willst es überhaupt nicht lernen.«

»Nein. Doch. Löcher mich nicht, ich habe jetzt einfach keine Zeit dafür.«

»Wie du willst«, antwortet Melle, dann fängt sie ohne Umschweife an, die Lösungen aufzuschreiben. Ich staune, wie schnell das bei ihr geht. Keine zehn Minuten später schiebt sie mir Stift und Zettel zurück.

»Danke«, sage ich anerkennend, »am besten, ich geh das mal durch.«

Ich tue so, als ob ich mich in die Lösungen vertiefen würde, damit Melle mich allein lässt und ich meinen Plan weiterverfolgen kann. Sie steht tatsächlich auf, doch sie hat noch etwas auf dem Herzen.

»Wäre schön, wenn du auch mal freiwillig etwas mit mir machst. Etwas, das Spaß macht.«

Gott sei Dank war das keine Frage, sondern eine Feststellung. Sonst hätte ich ihr antworten müssen, dass Sie und Spaß sich gegenseitig ausschließen. So warte ich nur, bis sie weg ist, dann hole ich mein Smartphone heraus und fotografiere Melles Lösungen. Fotos können nicht rascheln, beim Spicken ist das von unschätzbarem Vorteil. Da niemand den Zettel finden darf, verstaue ich ihn zusammen mit dem Handy in meiner Gesäßtasche.

Nachdem ich mich wie verabredet mit meinen Freunden hinter der Kantine treffe, damit sie mit im Boot sind, hole ich im Sichtschutz der Mauer das Feuerzeug heraus. Es soll mich zurück in die Bibliothek brizzeln und mein Schicksal neu stricken. Von jetzt an, das weiß ich genau, wird mein Leben ein anderes sein. Ein seltener historischer Moment, einer, den ich nur mit meinen Freunden teilen werde. Bei diesem Gedanken wird mir ganz besonders zumute.

Inzwischen habe ich mich daran gewöhnt, als Lichtgestalt rückwärts durch die Zeit zu touren. Deswegen fällt es mir nicht schwer, in wenigen Sekunden alle Gefahren zu checken, die mir bei den Zwischenstationen drohen, um möglichst schnell weiterzukommen. Ich brauche drei Zündungen, um dahin zu kommen, wo ich hinwill: auf meinen Stuhl in der Bibliothek, mitten bei der Nacharbeit.

Vogel hat wieder einmal nichts bemerkt, er sieht nicht mal von seiner Zeitung auf, gebannt liest er sein Horoskop. Eine super Situation, wie geschaffen, um zu spicken – wenn da nicht noch Napoleon wäre. Er nimmt sofort die Witterung auf und kläfft mich hungrig wie ein Wolf an. Schuld ist die Wurst, die in meiner Hosentasche steckt. Zwar mache ich dem Mops gefährliche Zeichen, still zu sein, aber entweder versteht er mich nicht, oder er will mich nicht verstehen. Stattdessen beginnt er damit, an mir hochzuspringen. Seine speicheltriefende Zunge hängt inzwischen so lang aus seinem Maul heraus, dass er damit stehend den Boden feudeln könnte. Als ich den nervtötenden Mops mit dem Bein wegzuschieben versuche, reagiert endlich auch Vogel.

»Sitz! Napoleon, was ist bloß auf einmal mit dir los?«

Napoleon ist die Stimme seines Herrn und Meisters im wahrsten Sinne des Wortes wurscht. Er lässt nicht locker, bis ich meine Hand kurz in die Hosentasche stecke, in der die Wurst liegt, und sie ihn danach von oben bis unten ablecken lasse.

Vogel steht ärgerlich auf, um seinen anhänglichen Mops zurück an seinen Platz zu ziehen. Während er ihm eine Standpauke hält und ich vergeblich versuche, meine klebrige Hand an der Hose abzuwischen, fingere ich mit der sauberen Hand heimlich mein Handy aus der Gesäßtasche heraus. Da es sich in meiner Tasche verhakt und ich mit einem Ruck daran ziehe, um es freizubekommen, fällt es mir beinahe auf den Boden. Aber ausnahmsweise habe ich Glück, alles geht gut.

Ich nutze die Zeit, um ein paar Lösungen in die Arbeitsblätter zu übertragen, solange Vogel mit seinem Hund beschäftigt ist. Napoleon, dem das Maul trieft, bleibt nur ungern sitzen, unruhig wedelt er mit dem Schwanz, immer auf dem Sprung, falls doch noch eine Mahlzeit für ihn abfallen sollte. Als Vogel sich zu mir umdreht, verstecke ich das Handy schnell unter den Arbeitsblättern.

»Tut mir leid, Eric! Ich weiß nicht, was auf einmal in Napoleon gefahren ist. Wenn es zur Pause klingelt, gebe ich dir noch die fünf Minuten obendrauf.«

Ich nicke dankbar. Ein Blick auf die Uhr verrät mir nämlich, dass ich keine Zeit zu verschenken habe. Ich muss dringend einen Weg finden, Vogel abzulenken, denn seine Zeitung rührt er nicht mehr an, und es sieht auch nicht danach aus, als würde sich das demnächst ändern. Anders als bei den vorhergehenden Malen, ist auch das Fenster geschlossen, das passt absolut nicht in meinen Plan. Ich muss etwas unternehmen.

»Kann ich das Fenster öffnen, Herr Vogel?«

»Ich mach das, du schreibst«, antwortet mein Lehrer und steht auf. Ich nutze den Moment, um die nächsten Aufgaben im Schnellverfahren zu kopieren. Als Vogel an seinen Platz zurückgeht und mir dabei den Rücken zukehrt, zerre ich die halbe Wurst aus meiner Hosentasche. Sie hat schon bessere Zeiten gesehen, aber sie erfüllt ihren Zweck. In hohem Bogen werfe ich sie aus dem Fenster, direkt in die Fangarme der Eiche hinein, wo die Wurst in einer Astgabel stecken bleibt.

Napoleon ist nicht mehr zu halten. Schneller, als ich es ihm zugetraut hätte, ist er am Fenster und macht einen Riesensatz nach draußen, um endlich an seine Mahlzeit zu kommen. Er landet wie sie im

Baum, nur eine Stummelschwanzlänge entfernt, doch der Ast erzittert unter seinem Gewicht. Die Wurst gerät ins Rutschen, unerreichbar für Napoleon fällt sie auf den Boden.

Vogel, der von meiner Wurst-Weitwurf-Einlage nichts mitbekommen hat, springt entsetzt auf und rennt zum Fenster. Hektisch suchend sieht er sich nach seinem jaulenden Hund um, kann ihn aber nicht entdecken.

»Napoleon! Wo steckst du? Ist dir etwas passiert?«

Ein Rascheln bringt ihn auf die Spur: Fassungslos greift er sich an den Kopf, als er durch die Blätter hindurch, direkt in Erster-Stock-Augenhöhe, seinen am ganzen Körper zitternden Hund entdeckt.

»Du rührst dich nicht von der Stelle, Napoleon! Hörst du!«, ruft Vogel seinem Mops zu, dabei fuchtelt er in der Luft herum, als würde das irgendetwas bewirken.

»Und du«, dreht er sich zu mir um, »du rührst dich auch nicht von der Stelle! Bis ich wieder zurück bin. Kapiert? Das ist ein Notfall! Ich bin in zwei Minuten zurück.«

Mit diesen Worten stürzt Vogel aus der Bibliothek und schließt mich ein. Ich staune. Mein Plan geht besser auf als gedacht. Dass Vogel mich alleine lässt, damit hätte ich nie im Leben gerechnet.

In aller Ruhe kann ich Melles Lösungen abschreiben, und so füllen sich häppchenweise meine Aufgabenzettel, bis sie am Ende lückenlos voll sind. Den Rest der Schulstunde kann ich vor mich hinchillen, so viel ich will. Ich kann es gar nicht glauben!

Aus Vogels angekündigten zwei Minuten wird eine Viertelstunde. Es bleibt mir also genügend Zeit, in aller Ruhe die verräterischen Fotos auf meinem Smartphone zu löschen und zuzuschauen, was draußen vor dem Fenster passiert. In der Zwischenzeit ist die Feuerwehr mit Martinshorn angerückt, und so kommt es zum zweiten Mal in dieser Woche vor, dass ein Feuerwehrmann auf eine Leiter steigen muss, um auf unserem Schulhof jemanden aus hilfloser Position zu befreien. Auf dem Schulhof stehen weniger gaffende Schüler als bei mir neulich, was daran liegen kann, dass die meisten Unterricht haben und ihre Neugierde genauso wie ich vom Fenster aus stillen müssen.

Ich halte fest: Zuschauen kann manchmal netter sein, als im Mittelpunkt zu stehen, zumindest solange man an einem Ast hängt oder an einem Mast.

Als Vogel pünktlich zur Pause die Tür aufschließt und mit Napoleon auf seinem Arm zurückkommt, sieht mein Lehrer mitgenommener aus, als sein Mops, was auch daran liegen kann, dass Napoleon am Ende die Wurst doch noch bekommen hat. Zufrieden schleckt er sich das Maul. Vogel kann sich nicht erklären, was seinen Hund dazu getrieben hatte, plötzlich aus dem Fenster zu springen. Noch voll im Rausch meines triumphal verlaufenen Plans, schlage ich ihm im Spaß vor, es mal mit einem Hundepsychiater zu versuchen, was Vogel so sehr mitnimmt, dass er mir sogar auf die Schulter klopft.

»Ich weiß deine Anteilnahme zu schätzen, Eric«, sagt er abwesend, was mir angesichts meiner Rolle bei allem doch ein schlechtes Gewissen bereitet.

»Kann ich jetzt gehen?«

»Bis zum Horizont und weiter«, antwortet Vogel mit verklärtem Ausdruck und leichtem Singsang in der Stimme. Keine Ahnung, was gerade bei ihm abgeht, aber selbst für Vogel ist das eine ungewöhnliche Reaktion. Besser, er bucht beim Hundepsychiater gleich zwei Termine.

Ich warte, bis Vogel seinen Mops auf den Boden lässt und meine Arbeit an sich nimmt, dann gehe ich zur Tür.

»Hast wohl einen guten Tag gehabt«, kommentiert er nach kurzem Blick auf meine vollgeschriebenen Aufgabenzettel.

»Und was für einen!«, antworte ich, dann bin ich draußen.

Mit meinen Freunden habe ich mich auf der Außenterrasse der Mensa verabredet, bestimmt warten sie schon. Als ich jubelnd und tanzend um die Ecke biege, wissen sie, dass alles gut gelaufen ist. Sie klatschen mich ab – GIMME FIVE! – und gratulieren mir, aber so richtig in Schwung kommt ihre Stimmung nicht, selbst als ich sie zu einer Limo einlade.

»Was guckt ihr so trüb aus der Wäsche? Jetzt ist Partytime!«, heize ich sie an.

»Für dich vielleicht.«

»Ist was passiert?«

Malte nickt. »Ich bin im Unterricht fast eingeschlafen, weil wir uns schon zum dritten Mal den gleichen Scheiß anhören mussten.«

»Ich musste ihn mit Witzen wachhalten«, ergänzt Paul. »Die Dinkel ist hochgegangen wie 'ne Rakete, weil wir dauernd gelacht haben. Jetzt haben wir beide einen Eintrag im Klassenbuch.«

»Scheiße!«

»Kannst du laut sagen.«

»Soll ich mein Feuerzeug kurz anwerfen?«

»Bloß nicht!«, wehrt Paul ab. »Noch mal die gleiche Stunde halte ich nicht aus.«

Ist mir auch lieber. Sonst müsste ich Napoleons Geschlecke ein weiteres Mal über mich ergehen lassen.

Inzwischen füllt sich die Mensa mit Schülern, auch Melle ist darunter. Als sie uns sieht, biegt sie ab und kommt auf uns zu.

»Guckt bloß nicht zum Eingang«, sage ich zu Malte und Paul, die natürlich sofort hingaffen. Auf ein Gespräch mit Melle kann ich gut verzichten, vor allem, solange ich bei meinen Freunden bin. Leider kann man manchmal nichts gegen seine Erziehung machen. Mamas Stimme tönt mir wie eine Arie in meinem Ohr: *Schon mal mit Fairplay versucht? Schon mal mit Fairplay versucht? Schon mal mit Fairplay versucht?*

Okay, kapiert! Unter einem Dankeschön komme ich hier nicht raus. Eins muss ich zugeben: Ohne Melle würde ich die Arbeit noch zigmal schreiben müssen, bis ich sie halbwegs auf die Schiene bekäme.

»Arbeit überstanden?«, fragt Melle kurz darauf.

»Ja! Danke für deine Hilfe.«

»Keine Ahnung, was du meinst.«

»Was wohl: die Franze-Aufgaben.«

Melle zeigt mir einen Vogel. »Du wolltest doch keine Hilfe von mir. Schon vergessen?«

In dem Moment macht es klick bei mir. Melle weiß nichts mehr davon, für sie hat das alles nicht stattgefunden.

»Mensch, ja, bin ganz durcheinander. Sorry«, sage ich zu ihr.

Melle zieht eine verständnislose Grimasse. Jetzt wäre der Moment, in dem sie wieder gehen könnte. Den Gefallen tut sie mir nicht, sie wechselt das Thema.

»Was ist mit eurer Tanznummer?«

»Schlechtes Timing«, knurre ich mit Blick auf die langen Gesichter meiner Freunde.

»Wieso?«

»Egal.«

»Was habt ihr gegen Tanzen?«, fragt Melle laut.

»Kannst du mal leise reden?«

Melle guckt mich unschuldig an. »Tu ich das nicht?«

»Nein«, antworte ich genervt. »Nie.«

»Tut mir leid! Kann ich bei euch mitmachen, wenn das Timing besser ist? Singen. Tanzen. Egal. Ich kann alles.«

Ich gucke Melle verständnislos an. »Wie? Mitmachen. Das ist *unsere* Show!«

»Ist doch gut, wenn noch jemand mitmacht, dann sind wir nicht allein auf der Bühne«, sagt Paul zu meinem Entsetzen.

»Zu dritt ist man nie alleine«, antworte ich, bin aber durch Kai abgelenkt, der mit seinem Tablett in der Hand und Lara im Schlepptau keine zwei Meter entfernt von uns vorbeigeht. Ganz sicher nicht zufällig. Kais und Laras Lieblingsplätze sind drinnen am Fenster, und da ist bei diesem Wetter garantiert noch was frei.

»Was hören wir da? Ihr wollt eine Show aufführen? Was denn für eine? Einen Entchentanz? Komm, sag's uns, wir sind brennend gespannt«, grinst Kai mich an. »Ist doch so Lara, oder?«

Lara zuckt lächelnd die Schulter, und mit einem Schlag ist mein Kopf eine hohle Nuss. Aus meinem Mund tropft nur ein hilfloses Stottern.

Kai hält seine Hand wie ein Stoppschild hoch. »Mit Stottern gewinnst du höchstens den Trostpreis. Mach dir nichts draus, du bist auch so über Nacht weltberühmt geworden.«

Jetzt steh ich genauso auf dem Schlauch wie Melle vorher bei mir. Ohne meine Antwort abzuwarten, zückt Kai sein Smartphone, wischt zweimal darüber und hält mir das Display hin. Es zeigt eine Fotomontage auf Facebook mit mir als

König, der mit heruntergelassener Hose auf einem Klo hockt. Statt Zepter halte ich eine Türklinke in der Hand. Die Krone sitzt schief auf meinem hineinkopierten Kopf. Wenigstens sieht man sofort, dass das Bild gefakt wurde, aber das ist auch schon mein einziger Pluspunkt. Denn obwohl das Bild stümperhaft gemacht ist, wurde es in den letzten drei Stunden schon 567 Mal geteilt. 567 Mal! Ich fasse es nicht!

»Damit würdest du garantiert den ersten Preis machen«, stichelt Kai als Sahnehäubchen obendrauf. »Kategorie Witzfigur. Versuch's mal damit.«

Normalerweise würde ich kochen vor Wut, doch heute kann ich mich entspannen. Ich hole aus und schlage zurück, komplett ohne Risiko. Ich weiß: Alles, was gerade passiert, wird in Kürze einer gelöschten Vergangenheit angehören. Einmal mit dem Finger geschnippt und nichts davon ist passiert. Dieses Wissen bringt selbst die hohle Nuss zwischen meinen Ohren wieder auf Vordermann.

»Keine schlechte Idee«, behaupte ich, »aber das hier ist zum Gähnen, hab ich schon hundertmal besser gesehen. Wenn schon, dann richtig auf den Putz hauen. Ein Dreierballett mit Klobürste und Klobrille – das wär was! Nicht, Paul?«

Paul guckt mich verstört an. *Spinnst du?*, sagt sein Blick, aber mir geht es nur um den Effekt.

Kai zweifelt. »Ihr stellt euch nicht auf die Bühne und blamiert euch freiwillig. Nicht vor der ganzen Schule!«

»Doch, ja, klar. Wo ist das Problem?«

Kai sieht mich ungläubig an, dann wechselt sein Blick zu Lara. »Was ist mit unserem Eric los? Hat er Drogen genommen? Vielleicht hat ihm seine Mama etwas in die Milch getan, und wenn die Wirkung nachlässt, macht's buff und er ist wieder unser alter Eric, unser kleiner Klassenclown.«

»Wahrscheinlich«, witzelt Lara.

Laras Worte bohren mehr in mir als Kais, obwohl Kai derjenige ist, der mich herausfordert.

»Wie ist dein Einsatz?«

»Was soll das werden? Eine Wette?«, will Kai wissen.

»Was sonst?! Also?«

»Meine Lederjacke.«

Mir bleibt die Spucke weg. Kais Lederjacke ist hier in der Schule so etwas wie das Batmankostüm. Sie macht Kai zu dem, was er ist: obercool. Er würde sie niemals als Wetteinsatz riskieren. Es sei denn, er ist sich seiner Sache superfelsensicher.

»Unter einer Bedingung«, fährt Kai dann auch gleich fort. »Ihr müsst in Unterhosen auftreten.«

»Abgemacht!«

Kai lacht ungläubig. »Okay, abgemacht.«

Lässig streift er meine Hand, die ich zum Einschlagen hinhalte, dann nimmt er sein Tablett und zieht mit Lara weiter. Er nimmt mich nicht ernst. Ehrlich gesagt ich mich auch nicht, denn ich bin nur so cool, weil ich das Feuerzeug in meiner Tasche spüre.

Paul wartet, bis Kai und Lara außer Hörweite sind, dann legt er entrüstet los: »Was sollte das denn eben?«

»Keine Angst, ich hab alles im Griff.«

»Denkst du. Ich mach da auf keinen Fall mit. Ich bin doch nicht lebensmüde.«

Statt einer Antwort hebe ich versteckt für Melle meine Hand und zünde mit meinem Daumen ein imaginäres Feuerzeug. Malte versteht sofort, was ich sagen will, Paul braucht ein bisschen länger.

Melle guckt misstrauisch von einem zum anderen, bevor sie mit in die Seiten gestemmten Armen spricht.

»Eric Fail: Wenn ich dich nicht kennen würde, würde ich sagen, du bist der bekloppteste Mensch, der mir je begegnet ist.«

»Ach ja?«

»Diese Wette ist total dämlich! Nicht mal ich würde da mitmachen.«

»Ich weiß«, seufze ich. Einen Moment überlege ich, ob ich Melle erzählen soll, warum ich so mutig bin: weil uns nichts passieren kann. Das rettende Netz trage ich in meiner Hosentasche bei mir. Die Wette, da bin ich mir sicher, wird niemals eingelöst werden. So wie ich niemals wieder etwas tun werde, was mich zum Affen macht, solange mir mein Feuerzeug Glück bringt.

Als ich Vogel mit seinem Mops um die Ecke fegen und direkt auf mich zusteuern sehe, kommt mir ein leiser Zweifel, ob ich da schief gewickelt sein könnte. Mein Franzelehrer sieht nicht mehr mitgenommen aus, sondern wütend wie eine ganze Horde Krieger auf Rachefeldzug.

Habe ich einen Fehler gemacht? Irgendetwas übersehen?

Mir fällt nur eines ein: dass das Unglück mich schon ziemlich lange verschont hat.

»Kannst du mir erklären, was das hier ist?«

Wutentbrannt hält mir Vogel einen mit französischen Sätzen vollgeschriebenen, zerknitterten und mit Fettflecken übersäten Zettel vor die Nase, den ein Duft von Kantine umweht. Es sind die Lösungen, die Melle mir gegeben hat. Der Zettel muss mir aus der Hosentasche gerutscht sein, als ich mein Handy herausgezogen habe. Melle stutzt, als sie einen Blick darauf wirft.

»Den habe ich nicht geschrieben«, sage ich wahrheitsgemäß und, um etwas Zeit zu gewinnen, schiebe ich nach: »Wo haben Sie den her?«

»Er war unter deinem Tisch in der Bibliothek. Und da er nicht meiner ist und Napoleon kein Französisch beherrscht, kann er wohl nur dir gehören.«

Vogel macht eine theatralische Kunstpause, in der er laut Atem holt.

»Das ist Betrug, Eric! Das ist noch schlimmer als eine Sechs! Wie kannst du mich so enttäuschen, jetzt, da ich der Meinung war, du würdest endlich erwachsen werden und den richtigen Weg einschlagen?«

Bei so vielen Vorwürfen auf einmal muss ich mit den Achseln zucken. Schummeln bleibt schummeln, klare Sache, aber was die Enttäuschungen betrifft, soll Vogel sich einen anderen Schuldigen suchen.

»Ich hab keine Ahnung, wie der Zettel da hingekommen ist«, lüge ich.

»Nein? Dann muss er wohl durchs Fenster geflogen sein«, spöttelt Vogel. »Das kannst du dem Direktor gleich persönlich erzählen.«

Vogel nimmt meinen rechten Arm und schiebt mich mit sanftem Druck Richtung Schuleingang. Meine Freunde machen hektische Zeichen hinter dem Rücken unseres Lehrers: Ich soll endlich das verdammte Feuerzeug in Gang setzen! Sie haben recht. Wenn ich erst bei Herrn Waldau im Büro sitze, wird es immer schwieriger.

Leider sitzt meine Rettung in der falschen Tasche, nämlich in der rechten. Also muss ich im Gehen mit der linken Hand einmal quer an mir vorbeigreifen, möglichst ohne dass Vogel etwas davon mitbekommt. Als ich das Feuerzeug zu fassen kriege und aus meiner Hosentasche herausziehe, flutscht es mir vor lauter Aufregung aus den Fingern und fällt zu Boden, Herrn Vogel direkt vor die Füße. Bevor ich es verhindern kann, ist er schon stehen geblieben und hebt es auf.

»Was haben wir denn da?«, fragt er.

»Ein Feuerzeug, und zwar ein wirklich hübsches. Aber Feuerzeuge sind an der Schule verboten, das weißt du. Und darum konfisziere ich es hiermit.«

Wie eine Falle schnappt Vogels Hand um das Feuerzeug zu. Obwohl ich protestiere, steckt er die Beute ungerührt in seine Aktentasche.

Bisher habe ich Vogels Anschuldigung locker weggesteckt, es eher wie ein Abenteuer gesehen, doch seit Vogel mir meine Rückfahrkarte abgenommen hat, fühle ich mich, als hätte er mich im Niemandsland ausgesetzt.

»Warten Sie!«

Vogel bleibt stehen und dreht sich fragend um. Melle kommt uns hinterhergeeilt.

»Es ist meiner!«

»Was ist deiner?«

»Der Zettel. *Ich* habe die Aufgaben aufgeschrieben. Es war eine Übung.«

Ich bin geflasht. Wie kommt meine Cousine dazu, mir zu helfen?

»Tut mir leid, Mademoiselle. Es ist nett, dass du deinem Freund helfen willst, aber das nützt nichts.«

»Er ist nicht mein Freund, sondern mein Cousin. Großcousin. Und außerdem habe ich die Wahrheit gesagt.«

Pfff, ich glaube es nicht! Melle, die immer alles beim Namen nennen muss, als hätte sie einen genetischen Fehler, der sie dazu zwingt, ausgerechnet diese Melle lügt wie ein Profi, ohne mit der Wimper zu zucken.

Vogel schnauft laut aus, nicht weil Melle ihn beeindruckt, sondern weil er ihr nicht glaubt.

»Liebes Mädchen, das *kann* nicht sein. Ich habe die Aufgaben gestern Abend zu Hause extra für Erics Nacharbeit zusammengetragen. Niemand außer mir und deinem Cousin hat die Aufgaben je gesehen.«

»Und was ist mit Ihrem Hund?«, fragt Melle frech.

Vogel braucht etwas, bis er reagiert. »Meinem Hund? Was hat der damit zu tun?«

»Sie haben eben gesagt: Niemand außer Ihnen und Eric hat die Aufgaben gesehen. Und wir reden doch gerade von der Wahrheit.«

Autsch, das war einer zu viel, Melle, denke ich.

Wie nicht anders zu erwarten, rastet Vogel aus. »Es reicht! Du kommst mit uns! Ich lass mich von dir nicht auf den Arm nehmen.«

»Dürfen Sie das denn?«, höre ich Melle fragen.

»Was?« Vogels Stimme ist spitz wie ein Messer.

»Uns mitnehmen?«

Vogels Kopf schwillt zu einer roten Melone an. Gleich platzt er.

»Sorry, Herr Vogel«, werfe ich mich dazwischen. »Meine Cousine Melle hat ihren ersten Tag hier. Sie kann nichts dafür. Sie versucht, alles richtig zu machen.«

Wenigstens schwillt Vogels Kopf ab, als er sich Melle noch mal vornimmt.

»Also, Melle: Wenn das dein erster Tag an dieser Schule ist, hast du einen unvergesslichen Einstieg hingelegt.«

Mit diesen Worten und einem seitlichen Kopfrucken als Aufforderung, dass wir die Beine in Bewegung setzen sollen, beendet Vogel die Diskussion und führt uns ab. Ich drehe mich zu Malte und Paul um, die mir mit ratlosen Gesichtern hinterherschauen. Sie zermartern sich bestimmt den Kopf, wie sie mir helfen können. Genau das mache ich auch. Aber so wie es aussieht, können wir im Moment nichts tun.

Wir müssen ein komisches Bild abgeben, als wir zu viert zum Direktorenzimmer gehen. In der Mitte die pinkrote Melle und ich, flankiert vom hageren Vogel auf der einen Seite und dem moppeligen Napoleon auf der anderen. Ausnahmsweise bin ich derjenige, der am wenigsten von allen auffällt. Auf dem Weg begegnen wir so ziemlich allen, denen ich gerade lieber aus dem Weg gegangen wäre: Peggie und Paula (zum Glück ohne Mikrofon), Knut, Herrn Mühlrath und leider auch Lara. Wenigstens ist Kai nicht dabei, er hätte bestimmt einen seiner bescheuerten Sprüche losgelassen.

Im Vorzimmer von Herrn Waldau riecht es nach einer ganzen Parfümfabrik. Frau Zehntausend, Waldaus Sekretärin, scheint das nicht zu stören, sie lächelt Herrn Vogel an, seit er mit uns den Raum betreten hat.

»Herr Waldau hat gesagt, dass er nur in dringenden Fällen gestört werden will. Aber für Sie mache ich eine Ausnahme.«

Während sie das Telefon in die Hand nimmt und mit ihrem Chef telefoniert, obwohl der keine fünf Schritte entfernt im Nebenzimmer sitzt, zwinkert sie Herrn Vogel an. Herr Vogel räuspert sich.

»Sie dürfen reingehen«, säuselt Frau Zehntausend, während sie den Hörer in die Station legt. »Nur der kleine Napoleon, der bleibt lieber hier. Vielleicht habe ich ein Leckerli für ihn. Mag er Schokokekse?«

Nachdem Vogel ihr erklärt hat, dass Napoleon auf Diät ist und außerdem von Schokokeksen Bauchschmerzen bekommt, genauso wie von Lakritzstangen und Trüffelpralinen, dürfen wir endlich zum Hüter des Schafotts vordringen.

Der Direktor macht ein ernstes Gesicht, als er hört, um was es geht.

»Sich die Klausuraufgaben zu besorgen ist Betrug«, sagt er zu mir. »Herr Vogel wird deine Arbeit überprüfen. Und egal, welche Rolle deine Cousine dabei hatte: Wenn du wirklich betrogen hast, Eric, bedeutet das eine Sechs für dich und einen Brief an deine Eltern. Da können wir als Schule kein Auge zudrücken.«

Vogel nickt bekräftigend. Mir bleibt nur die Offensive.

»Wie soll ich denn an die Aufgaben gekommen sein? Herr Vogel sagt doch selbst, dass niemand außer ihm sie kannte.«

»Willst du etwa sagen, *ich* hätte sie dir zugesteckt?«, erregt sich Vogel. Er ist kurz vorm Abheben und seine Gesichtsfarbe sieht gar nicht gut aus. Entrüstet sieht er zum Direktor.

»Herr Waldau, ich mag überarbeitet sein, aber ich kenne meine Aufgaben.«

Herr Waldau hebt beschwichtigend die Hände, bevor sein Lehrer einen Herzinfarkt bekommt. »Werter Herr Vogel, niemand würde das je bestreiten. Wir schätzen Sie, weil Sie so überaus korrekt sind ...«

Während Vogel besänftigt nickt, fährt Herr Waldau fort.

»Dennoch müssen Sie zugeben, dass da eine Lücke in der ganzen Geschichte ist, ein gewisses Rätsel. Mir ist es schleierhaft, wie der Junge an die Aufgaben gelangen konnte. An einen Zufall oder Gedankenübertragung glaube ich jedenfalls nicht.«

Der letzte Satz galt eindeutig Herrn Vogel. Seit letztem Jahr Halloween, als die Oberstufenschüler eine Geisterstunde organisiert haben, in der sie mit den Lehrern Séancen abgehalten haben und Vogel einen Chat mit seinem Urgroßvater hatte, ist bekannt, dass er an übersinnliche Dinge glaubt.

Vogels Nase und Augen fangen an zu zucken. »Eine Antwort darauf habe ich zugegebenermaßen nicht«, sagt er, »*noch* nicht, denn ich werde sie finden!«

»Hoffentlich. Ich möchte das Thema vor der Jubiläumsfeier vom Tisch haben«, beendet Herr Waldau das Gespräch.

Melle, die die ganze Zeit über still danebengesessen hat, meldet sich entrüstet zu Wort.

»Das ist unfair!«

»Was ist daran unfair?«, fragt Herr Waldau erstaunt. »Wir untersuchen nur, ob dein Cousin sich unerlaubt Vorteile geschaffen hat.«

»Darum geht es doch gar nicht.«

»Sondern?«

Melle holt tief Luft. »Wenn die Türklinke in Ordnung gewesen wäre, hätte Eric die Arbeit gar nicht nachschreiben müssen. Die Schule ist verantwortlich für die Türen, also ist sie schuld an allem, was hinterher passiert ist – und nicht Eric.«

Der Direktor lehnt sich lächelnd in seinem Bürosessel zurück: »Dein Engagement für deinen Cousin finde ich bemerkenswert. Und es steckt auch eine innere Logik in deinen Ausführungen, doch nein, ich sehe das anders. Selbst wenn Eric schuldlos an der kaputten Türklinke gewesen sein sollte, Klammer auf: was unser

Hausmeister nicht bestätigen würde, Klammer zu, dann ist das kein Freibrief, um sich Vorteile zu verschaffen. Denn *das* ist unfair, und zwar gegenüber seinen Mitschülern, die diesen Vorteil nicht hatten.«

Ich weiß nicht, wie Herr Waldau das macht: Am Ende eines Gesprächs mit ihm hat man immer das Gefühl, dass er recht hat. Selbst Melle schweigt, sie knabbert an ihrer Unterlippe, weil sie nicht weiterweiß.

Ich ziehe meine letzte Karte. »Kann ich wenigstens das Feuerzeug wiederbekommen? Es gehört meinem Vater.«

»Dein Vater kann es jederzeit bei mir abholen«, antwortet Vogel.

Ich falle wortlos in mich zusammen, wie ein Luftballon, aus dem alle Luft entweicht. Waldau beendet das Gespräch, so wie es seine Art ist: mit einem aufmunternden Witz, der nach hinten losgeht.

»Lass den Kopf nicht hängen, Eric. Immerhin hast du es an dieser Schule zu einer Berühmtheit gebracht. Sogar meine Tochter ist ein Fan von dir, sie liest jedes deiner Schülerinterviews«, sagt er, als er uns nach draußen bugsiert.

So was baut einen echt auf!

Die restlichen Schulstunden verbringe ich wie in Trance. Keine Ahnung, was im Unterricht vorkam. Stattdessen rechne ich hoch, wie viele Schülerinterviews mehr mir ein zusätzliches Jahr an der Schule einbringt. Ich komme auf mindestens 42, wenn ich das letzte Jahr als Maßstab anlege.

Malte und Paul lassen die Schulter hängen, als ich ihnen erzähle, was Sache ist. Mitfühlend klopfen sie mir auf die Schulter. Auf dem Nachhauseweg schweigen wir, dabei kicken wir eine Dose vor uns her. An schlechten Tagen bringt uns das normalerweise in Schwung, aber heute klappt das nicht. Als wir die Bushaltestelle an der Straßenecke erreichen, an der wir uns trennen müssen, verabreden wir uns schon für eine Stunde später wieder bei mir – zum Kriegsrat.

Zu Hause sehe ich mit einem Blick, dass meine Mutter nicht da ist, dafür aber Melle, die nach dem Gespräch beim Direktor keinen Unterricht hatte. Sie hat auf mich gewartet. Ich gehe grußlos an ihr vorbei. Nicht, weil ich sie ärgern will, sondern weil ich nicht weiß, was ich ihr sagen soll. Dann bleibe ich aber doch stehen und drehe mich zu ihr um.

»Danke für deine Hilfe, das war echt nett«, sage ich. »Hättest du nicht tun müssen.«

»Das hättest du auch für mich getan. Zumindest, wenn ich dich mit Geschichten aus deiner Kindheit erpresst hätte«, foppt sie mich.

»Dass du dich da mal nicht täuschst.«

Ich habe automatisch mein Zimmer angesteuert. Erst an der Tür fällt mir ein, dass es ja von Melle belegt ist. Ich komme zurück, um die Treppe zu meinem Übergangszimmer hochzugehen. Melle hat die Arme vor der Brust verschränkt.

»Wie hast du das gemacht? Kannst du zaubern oder was?«

»Keine Ahnung, was du damit meinst.«

»Das war definitiv meine Schrift auf dem Zettel, obwohl ich ihn nicht geschrieben habe. Ich habe die Klausuraufgaben nie in der Hand gehabt.«

Ich verlangsame meine Schritte und bleibe vor ihr stehen.

»Und du hast mir trotzdem geholfen? Obwohl du wusstest, dass ich gelogen habe?«

Melle nickt. Ich überlege, dann entscheide ich mich, sie einzuweihen, nach allem, was sie für mich getan hat. Falls sie mir überhaupt glaubt.

»Weißt du, was Zeitkrümmung ist?«

Melle kratzt sich am Kinn und schaut ratlos.

»Das bedeutet, dass sich die Zeit so sehr biegt, bis man von einem Punkt in der Zeit zu einem anderen gehen kann.«

Melles Augen blitzen auf.

»Ich hab mal einen Science-Fiction-Film gesehen, da ist der Astronaut so schnell durchs Weltall geflogen, dass die Zeit rückwärtslief und er in seiner eigenen Vergangenheit gelandet ist. Meinst du so was?«

»Genau so was. Es ist nämlich so: Das Feuerzeug, das mir Vogel abgeknöpft hat, ist kein normales Feuerzeug.«

»Du meinst, du drehst damit die Zeit zurück?«

Ich nicke.

Melle macht große Augen. Ein Riesenrad würde Platz darin finden. »Wo hast du es her? Doch nicht aus ’nem Kiosk.«

»Eine Elster hat mich damit beworfen. Sie kam auf mich zugeflogen, ganz gezielt, wie ein Militärjet, der eine Bombe abwerfen soll, und *zack*, hatte ich das Ding am Kopf.«

»Eine Bombenelster also …« Melle guckt mich schräg an. Klar, so würde ich auch gucken, wenn ich glaube, dass jemand mich verarscht.

»Vergiss es, ich wusste, dass du mir nicht glaubst«, winke ich ab.

»Doch. Ich glaube dir«, sagt Melle zu meiner Verblüffung. »Wenn du schwindelst, geht deine rechte Augenbraue nach oben.«

Mist. Automatisch greife ich nach meinen Augenbrauen, ich kann's nicht verhindern, sie bewegen sich.

»Und wenn dir was unangenehm ist, beide.«

»Dann muss ich sie mir wohl abrasieren.«

»Oder damit leben, dass du der durchschaubarste Mensch bist, den ich kenne.«

»Hast du noch so ein paar Enthüllungen auf Lager?«

»Verrate ich nicht – falls ich dich doch mal erpressen muss«, sagt Melle grinsend.

Ich komme nicht dazu zu fragen, ob das ein Witz ist oder ernst gemeint, weil die Türklingel schrillt. Malte und Paul sind gekommen, eine halbe Stunde früher als abgemacht. Sie wollten mich nicht so lange hängen lassen, sagen sie guter Laune, während sie ins Haus treten. Als sie Melle sehen, halten sie inne.

»Wir wollten doch, du weißt schon …«, sagt Paul verschwörerisch und kickt Malte an. »Sag du doch mal was!«

»Äh, Fußball spielen?«, beendet Malte den Satz versuchsweise.

»Ihr braucht euch keine Mühe zu geben. Melle weiß Bescheid.«

Malte und Paul sehen sich erstaunt an.

»Wenn das *so* ist. Das ging ja schnell. Willkommen im Club«, sagt Malte.

Melle lächelt.

»Schon Ideen gesammelt?«, will Paul wissen.

»Das besprechen wir woanders. Meine Mutter kann jeden Moment kommen.«

Fünf Minuten später sitzen wir mit einer Tafel Schokolade als Nervennahrung auf dem Dachboden versammelt, denn mein eigentliches Zimmer, in dem Melles Klamotten herumliegen, erschien mir nicht der richtige Platz für unsere Zusammenkunft. Paul, der Omas alten Schaukelstuhl aus einer Versenkung gezogen hat, setzt sich ungerührt mitten in den Staub. Bei jeder Schaukelbewegung quietscht und knarrt es, und kleine Staubwölkchen lösen sich unter den Kufen.

»Das ist der Geist deiner Oma«, witzelt er.

»Kannst du dich mal konzentrieren?«

»Mach ich ja gerade«, gibt er mir vergnügt zur Antwort. Schade, dass der Schaukelstuhl keinen Schleudersitz hat.

»Hör nicht auf Paul«, klinkt sich Malte ein. »Wir haben das Ei vorhin schon zusammen ausgebrütet. Er hat allen Grund zum Chillen.«

Ich staune nicht schlecht, und auch Melle ist verblüfft.

»Ihr habt eine Lösung für mein Problem und lasst uns hier versauern? Legt los!«

Malte setzt sich in Position. »Pass auf: Ohne Feuerzeug bist du geliefert. Du brauchst es zurück. Vogel rückt es aber nur raus, wenn dein Vater es sich persönlich abholt. Also gibt's nur eine Lösung …«

Malte sieht mich erwartungsvoll an. Keine Ahnung, worauf er hinauswill.

»Mach's nicht so spannend.«

Paul hat aufgehört zu schaukeln, lehnt sich gespannt nach vorne und wartet auf meine Antwort. »Mann, Eric, keine Geistesblitze im Anzug?«

»Soll ich mich als mein Vater verkleiden und Vogel einen Besuch abstatten? Oder was jetzt?«

Paul wirft sich stöhnend im Stuhl zurück, der gefährlich zu kippen beginnt. Paul muss eine Vollbremsung machen, um den Schaukelstuhl abzufangen.

Malte klärt mich auf. »Auch keine schlechte Idee. Die Stimme deines Vaters kriegst du ja super hin. Aber viel einfacher: Du lässt deinen Vater das Feuerzeug abholen, genauso wie Vogel es will. Das Einzige, was du machen musst, ist es dir von deinem Vater zu holen. Und dann bringst du dein Leben in Ordnung. Kein Aufwand – kinderleicht.«

Malte und Paul sehen mich erwartungsvoll an: Ist unsere Idee nicht genial?

»Das ist nicht euer Ernst!«, platze ich heraus. »Mein Vater vierteilt mich, wenn er alles erfährt.«

»Egal, dann machst du alles wieder rückgängig.«

»Ihr habt gut reden. Als ich im Kindergarten mal Tombola-Lose heimlich getauscht habe, hat er meinen Preis *verschenkt.* Dasselbe würde er mit dem Feuerzeug machen. Noch Fragen?«

Malte und Paul, die staunend zugehört haben, schütteln den Kopf.

»Dass dein Vater das Feuerzeug verschenkt, sollten wir lieber nicht riskieren«, gibt Malte mir recht. »Dann ist nämlich Sense.«

»Du hast es kapiert«, fasse ich zusammen.

»Wie willst du sonst ans Feuerzeug kommen?«

»Liegt doch auf der Hand«, schaltet sich Melle ein. »Eric holt es sich selbst zurück. Und wir helfen ihm dabei.«

Kurze Staunpause.

»Du bist wirklich verrückt!«, meldet sich Paul zu Wort. »Wir können doch nicht einfach bei Vogel einbrechen!«

»Warum nicht? Eric holt doch nur das zurück, was ihm gehört. Das ist nicht verboten, oder?«

»Malte, sag du doch mal was.«

»Na ja …«

»Das einzige Problem ist, ins Haus zu kommen«, ergänzt Melle nachdenklich.

Wir drei schauen uns an und grinsen.

»Was ist?«, will Melle wissen.

»Wir sind hier nicht in ’ner Großstadt, sondern auf ’ner Insel. Hier sperrt keiner seine Tür ab«, kläre ich sie auf.

Melle schaut in die Runde: »Hört sich nach einer Einladung an. Sonst noch irgendwelche Einwände?«

Malte schüttelt zögernd den Kopf, Paul jammert.

»Und wenn uns jemand entdeckt, bevor wir das Feuerzeug zurückhaben?«

»Das darf nicht passieren.«

»Und falls doch?«

»Müssen wir einen Plan B haben.«

»Und falls Plan B auch schiefgeht?«

»Oh, Paul«, stöhne ich, um es abzukürzen, weil das sonst noch eine Weile dauern könnte. »Plan B ist, dass wir mit dem Feuerzeug alles wieder rückgängig machen. Beruhigt dich das?«

»Okay, ich mach mit«, knurrt er. »Aber nur, weil es um unsere gemeinsame Zukunft geht.«

»Malte?«

»Ja, wenn du Vogels Haus nicht zerlegst«, sagt Malte grinsend.

»Ich werd mir Mühe geben«, grinse ich zurück und klatsche in die Hände.

»Mich fragst du nicht?«, protestiert Melle.

»Du willst sowieso mitmachen. Außerdem war es deine Idee …«

Melle freut sich sichtlich.

»Du kommst aber nur unter einer Bedingung mit«, lege ich nach. »Wenn du unauffällige Klamotten anziehst. Kein Pink, kein Rot, kein Gelb.«

»Was bleibt dann noch über«, will Melle ernsthaft wissen. »Grün? Orange?«

»Nein«, seufze ich. »Schwarz.«

»Beige«, schlägt Malte vor.

»Oder grau«, wirft Paul ein.

Melle guckt uns entgeistert an. »Das ist nicht euer Ernst!«

Geschlossen wie eine Freistoßmauer sitzen wir ihr gegenüber. Pech für Melle: So einig sind wir drei uns selten.

Die Klamottenfrage wird jedoch zu einem echten Problem, weil meine Cousine in ihrem ganzen Leben keine Kleidung mit normalen Farben besessen hat – oder in Melles Worten: die farblos ist. In ihrem Koffer werden wir genauso wenig fündig wie im Kleiderschrank meiner Mutter. Und da Melles und mein Umfang zwei Nummern auseinanderliegen, bringt es auch nichts, in *meinem* Schrank auf die Suche zu gehen.

Als ich kurz vor der Entscheidung stehe, die Sache ohne Melle durchzuziehen, klingelt es an der Tür. Mama holt mich: Es ist Knut, der mich unbedingt sprechen muss. Keine Ahnung, was er von mir will. Das letzte Mal, als er hier geklingelt hat, ist ganze zwei Jahre her. Damals hatte ich aus Versehen seine Turnschuhe statt meiner eingepackt und mich zu Hause gewundert, dass meine Füße innerhalb eines Tages so einen Schuss gemacht haben, dass sie nicht mehr reinpassen. Da ich die Schuhe sofort in die Mülltonne geworfen habe, konnte ich sie Knut nicht zurückgeben, als er sie wiederhaben wollte. Meine Mutter hat ihm die neuen bezahlt und mir verboten, künftig etwas wegzuwerfen, was sie nicht vorher abgesegnet hat.

Diesmal kann Knut nicht wegen verwechselter Turnschuhe hier sein, da bin ich mir ganz sicher – wir hatten seit drei Tagen keinen Sport. Ich verspreche den anderen, gleich wieder zurück zu sein, und laufe nach unten zur Tür, wo Knut vor Aufregung mit den Beinen zappelt. Er zieht mich nach draußen, damit auch ja keiner drinnen zuhören kann.

»Was ist los?«

»Ich habe Mühlrath bei der Fähre gesehen«, flüstert er.

»Ja und?«

»Mit Anzug, Sonnenbrille und einem großen Hut, den er tief in die Stirn gezogen hatte. So was trägt er sonst nie. Er hat die ganze Zeit auf die Fähre gewartet. Aber als sie kam, ist er nicht rauf.«

Knut macht eine Spannungspause und lässt seine Augenbrauen vielsagend hüpfen, bevor er weitererzählt.

»Und dann … dann hat er einen Briefumschlag aus seiner Jacke geholt und sie einem Arbeiter auf der Fähre gegeben.«

»Und weiter?«, frage ich, weil mir

wieder eingefallen ist, dass ich Knut auf die MI6-Fährte losgelassen habe, was ich inzwischen bereue.

»Dann hat er sich umgedreht und ist mit seinem Fahrrad losgefahren.«

»Bist du hier, um mir das zu erzählen?«

Knut nickt, beugt sich zu mir und tuschelt ins Ohr, dass es kitzelt. »Vielleicht ist er ein Doppelagent.«

»Der Mann auf der Fähre?«

»Nein, Mühlrath!«

Ich gehe ein paar Zentimeter auf Abstand und kratze mich am Ohr. Dabei kommt mir eine Idee. Ich gucke Knut prüfend von oben bis unten an: Die Größe könnte stimmen.

»Du hast das gut gemacht. Hör zu: Ich brauch dich für 'ne heiße Sache. Ich habe den Auftrag, jemanden von der Insel zu schmuggeln. Ganz unauffällig. Damit das keiner merkt, muss dieser Jemand die Klamotten tauschen. Du hast genau das Richtige an.«

»Echt? Okay. Ich zieh mich schnell zu Hause um und komm dann wieder.«

»Dauert viel zu lange, jede Sekunde zählt.«

Knut lässt sich widerstandslos von mir ins Haus ziehen und ins Bad schieben.

»Der Schlüssel funktioniert nicht!«, ruft er von drinnen.

»Ich weiß«, rufe ich zurück.

Kurz darauf öffnet er die Tür einen Spalt, sodass seine Hand durchpasst, er aber hinter der Tür bleiben kann. Er reicht mir seine Klamotten.

»Und wie komme ich jetzt hier wieder raus? Ich hab ja noch nichts zum Anziehen«, fällt ihm ein.

»Bin in zwei Minuten wieder da«, verspreche ich und renne die Treppe zum Dachgeschoss hoch, immer zwei Stufen auf einmal. Oben werfe ich Melle zur Verwunderung aller Knuts Klamotten zu.

»Woher hast du das?«, will Melle wissen, nachdem sie mit gerümpfter Nase an den Sachen gerochen hat.

»Eine milde Gabe, erzähl ich nachher. Ich brauche deine Sachen. Sofort!«

Da das Bad besetzt ist, verschwindet Melle zum Umziehen in meinem Zimmer. Als sie die Tür wieder aufmacht, bin ich überrascht über ihren neuen Anblick. Mein Augenmaß hat gestimmt, immerhin passen Knuts Sachen in der Länge. Nur um die Taille herum ist das Shirt so weit, dass noch ein Rettungsring drunter Platz hätte.

»Die Sachen will ich wiederhaben!«, sagt Melle, während sie mir ihren Kleiderstapel gibt.

»Keine Sorge. Die will niemand behalten.«

Und schon bin ich zurück beim Bad. Ich klopfe dreimal kurz, dreimal lang. Als die Tür aufgeht und ich Melles Kleidung hineinschieben will, schaut zu meiner Überraschung statt Knut meine Mutter heraus.

»Kümmer dich mal um deinen Freund«, sagt sie leise zu mir. »Ich glaube, der braucht Hilfe. Als ich ins Bad wollte, ist er panisch an mir vorbei rausgelaufen. Ganz merkwürdig. Er hatte nur einen Slip an.«

»Und wo ist er jetzt?«

Meine Mutter zuckt mit den Schultern. »Wie ist deine Arbeit gelaufen, Eric?«, fragt sie stattdessen.

»Okay«, weiche ich aus. »Mach dir keine Sorgen.«

»Mach ich nicht. Weißt du doch.«

Nachdem sie wieder im Bad verschwunden ist, gehe ich auf die Suche nach Knut. Ich finde ihn aufgelöst auf dem Gästeklo. Er streckt den Kopf zur Tür heraus.

»Deine Mutter hat mich in Unterwäsche gesehen!«

»Keine Sorge, die kann das ab.«

Als Knut den pinken Klamottenstapel in meiner Hand sieht, fällt er vollends in sich zusammen. »Das soll ich anziehen!?«

Er tut mir irgendwie leid, aber ich kann ihm ja schlecht sagen, dass er niemals in meine Sachen reinpassen würde, weil er dicker ist. Das wär ultra. Melles Hose ist dagegen das reinste Stretchwunder, da würde auch ein Seelöwe reinpassen.

»Du musst auffallen, damit du die Blicke der Gegenspione auf dich ziehst und sie weglocken kannst. Dann haben wir freie Bahn. Das ist echt wichtig!«

Knut reißt sich zusammen und verschwindet wieder im

Gäste-WC. Ein paar Minuten später kommt er heraus und guckt zweifelnd an sich hinunter.

»So kann ich draußen doch nicht herumlaufen!«

»Keiner wird dich erkennen.«

Doch innerlich muss ich ihm recht geben. Pink steht ihm noch schlechter als Melle, vor allem die orange abgesetzten Ziernähte sind gewöhnungsbedürftig. Damit Knut sich nicht so ausgeliefert fühlt, gebe ich ihm eine Sonnenbrille und eine Wintermütze von meinem Vater, die er dankbar annimmt.

In dem Moment kommt meine Mutter aus dem Bad, sieht Knut und stutzt über sein Outfit. »Knut?«

Knut zieht sich erschrocken die Mütze ins Gesicht.

»Die Sachen kommen mir doch bekannt vor …«, überlegt meine Mutter. Ich schiebe Knut zur Tür hinaus, bevor meine Mutter ihn weiter löchert.

»Ich melde mich bei dir«, sage ich und zwinkere ihm verschwörerisch zu. Knut nickt schicksalsergeben und verschwindet um die Ecke.

Meine Mutter sieht ihm mitfühlend nach.

»Wie ein Mensch sich verändern kann …«

Von Melle könnte man das Gleiche sagen. Auch wenn Knuts Shirt und Hosen nicht der Hit sind, kommen ihre roten Haare viel besser zur Geltung, ein toller Kontrast. Meine Freunde und ich staunen, was ein bisschen Entfärben ausmacht. Obwohl Melle sich in dem neuen Outfit wie ein Aschenputtel fühlt, hat sie genug Sportsgeist und lässt ihre Zweifel nicht heraushängen.

»Zwingt mich ja keiner, mitzumachen«, sagt sie, als wir drei sie anstieren. »Aber wehe, ihr lasst nur einen einzigen Kommentar ab!«, droht sie, ohne zu sagen, was sie dann mit uns machen würde.

Trotzdem will es keiner von uns riskieren. Wer so hart am Wind segelt wie Melle, der ist nicht zimperlich, wenn's drauf ankommt.

Nachdem die Klamottenfrage endlich vom Tisch ist, können wir uns auf das eigentliche Problem konzentrieren: einen Plan auszutüfteln, wie ich mein Feuerzeug zurückkriege, ohne dass Vogel Wind davon bekommt. Nach einer Stunde sind wir so weit.

Zuschlagen wollen wir am Abend, wenn Vogel mit Napoleon Gassi geht und niemand bei ihm zu Hause ist. Vogel hat zwar einen Hund, aber keine Frau, was wir seit der letzten Weihnachtsfeier bedauern, als er einen selbst gebackenen Kuchen mitgebracht hat, der wie Hundekuchen geschmeckt hat. Denn von seinem Lehrer-Steckbrief in der Schülerzeitung wissen wir, dass er nichts von Backen versteht und so was seiner Frau überlassen würde, wenn er eine hätte.

Normalerweise dreht er eine große Runde mit Napoleon, einmal über den Strand und zurück, also bleibt uns Maximum eine Dreiviertelstunde, um unsere Aktion durchzuziehen. Während ich in Vogels Haus nach dem Feuerzeug suchen soll, bewegen sich Malte, Paul und Melle als Wache in drei Radien um das Haus herum, um Vogel aufzuhalten, sobald er wieder im Anmarsch ist. Jeder von ihnen bekommt einen anderen Handyklingelton, mit dem er mich warnt, damit ich sofort weiß, in welchem Radius Vogel sich gerade befindet. Ein klasse Frühwarnsystem, finden wir. Und damit mein Lehrer auch wirklich keine Lunte riecht, werden die anderen nicht nur dumm in der Landschaft herumstehen, sondern Ablenkungsmanöver durchziehen. Jeder bekommt eine Aufgabe, die a) unverdächtig wirkt und b) garantiert Vogels Interesse weckt, und zwar:

- Paul geht mit einer Spendenbox fürs Tierheim rum
- Melle sammelt Unterschriften für die Abschaffung der Hundesteuer
- Malte macht eine Umfrage zum Thema kostenlose Behandlung von kranken Haustieren

Der Rest ist einfach: Das Formular für die Unterschriften tippen wir in den Computer rein und drucken es aus – fertig. Mikro und Rekorder bekommen wir von meiner Mutter, die froh ist, dass wir etwas zusammen mit Melle machen, noch dazu etwas gesellschaftspolitisch so Interessantes wie eine Umfrage. Und die Spendenbox holen wir aus dem Keller, wo sie seit Ewigkeiten einstaubt.

Um keinen Fehler zu machen, gehen wir am Ende noch einmal alle Punkte zusammen durch. Schließlich sind wir so angetan von unserem bis zum i-Tüpfelchen ausgeklügelten Plan, dass selbst Paul mutig wird. Er überklebt das Tombolaschild auf der Spendenbox mit dem Bild eines Mopses und kann sich bei der Vorstellung, dass er es Vogel unter die Nase hält, nicht mehr einkriegen vor Lachen. Ich muss ihn schütteln, damit er aufhört. Plötzlich setzt er sich aufrecht hin und ist wie ausgewechselt.

»Was ist, wenn Vogel merkt, dass das Feuerzeug fehlt? Dann weiß er doch, dass jemand in seinem Haus war, und holt die Polizei«, überlegt er besorgt.

»Dafür gibt's doch Plan B, Paulchen. Schon vergessen?«

»Stimmt ja. Du drehst die Zeit zurück!«

»Dann mal los.«

Auf dem Weg nach draußen treffen wir Papa, der gerade von der Arbeit kommt.

»Wie war deine Französischarbeit?«, ruft er mir beim Absteigen vom Fahrrad zu.

»Du weißt doch: Immer knapp an einer Eins vorbei«, antworte ich.

Papa, der sein Fahrrad in den Hof schiebt, grinst, dann spricht er Melle an: »Und dein Probetag an der Schule, wie war der?«

»Krass. Die Leute sind nett. Und der Direktor hat sich jede Menge Zeit genommen.«

So kann man das auch darstellen. Mir bleibt die Spucke weg, wie locker ihr das über die Lippen kommt.

Mein Vater nickt zufrieden. »Ich halte euch nicht mehr auf. Kommt rechtzeitig zum Essen zurück.«

»Machen wir«, verspreche ich, bevor ich mit den anderen abziehe.

Paul macht ein griesgrämiges Gesicht, er hat vor lauter Aufregung Bauchschmerzen bekommen.

»Ich glaub, ich muss gleich aufs Klo«, befürchtet er, als Vogels Haus in Sicht ist und wir hinter parkenden Autos auf Tauchstation gehen.

»Du spinnst wohl! Klo ist nicht, es kann jeden Moment losgehen.«

»Wenn ich aber muss?«, zischt Paul mir zu, damit Melle es nicht hört. »Dafür kann ich doch nichts. Ich geh bei Vogel, wenn er weg ist. Das merkt er nicht.«

Ich fluche innerlich. Wir haben nicht mal angefangen, und schon ist Chaos. Diesmal bin nicht ich schuld.

Nachdem damit geklärt ist, dass Paul den inneren Radius der Wache übernehmen muss, um nach Zwischenstopp auf Vogels Klo so schnell wie möglich wieder auf Position zu kommen, geht alles plötzlich sehr schnell: Vogel verlässt mit Napoleon an der Leine das Haus und beginnt seinen Rundgang. Sobald er um die Ecke verschwunden ist, verlassen wir den Schutz der Autos und gehen jeder auf seinen Posten. Paul und ich haben den schwierigsten Part: unbemerkt von den Nachbarn ins Haus zu kommen. Dass sich Paul, der immer dringender aufs Klo muss, wie ein Storch auf Droge bewegt, macht die Sache nicht leichter.

Wir haben Glück, niemand lässt sich blicken, die Straße ist wie ausgestorben. Ohne uns umzusehen, biegen wir auf Vogels Grundstück ein und betreten sein Haus, als wäre es das Selbstverständlichste auf der Welt. Kaum sind wir drin, kennt Paul nur noch ein Ziel. Wie ein Verdurstender stürmt er zur erstbesten Tür. Er hat Schwein, sie ist mit einem pinkelnden Hund verziert. Erleichtert verschwindet er im Gästeklo, während ich mich auf die Suche nach Vogels Aktentasche mache.

Es ist ein sonderbares Gefühl, hier heimlich herumzulaufen und Vogels Privatleben auszukundschaften. Es ist bei ihm aufgeräumter als bei uns zu Hause, nirgendwo liegt etwas rum, das so aussieht, als ob es dort nicht hingehört. Dafür wird mir klar, dass Vogel nicht nur ein einfacher Hundeliebhaber ist, sondern eine echte Macke in Sachen Vierbeiner hat. Überall trifft man auf Hunde: als Skulpturen und Figürchen, als Mosaik oder auf gemalten Bildern. Im Türrahmen zum Wohnzimmer sind sogar Filzstiftlinien in verschiedenen Höhen zu sehen, mit Datumsangaben. Genau solche, wie sie meine Mutter früher im Eingang zu meinem Zimmer hingepinselt hat, um mein Wachstum für die Nachwelt zu dokumentieren. Nur dass diese hier schon unterhalb der Kniehöhe enden, weil Napoleon eben ein Mops und keine Dogge ist.

Als ich ins Wohnzimmer gehe, fällt mir die Kinnlade runter:

Die Wand über dem Sofa ist komplett mit Fotos von Napoleon zugepflastert, auf denen er mal von links, mal von rechts, mal beim Fressen oder beim Schlafen zu sehen ist. Manche sind eingerahmt, manche nur mit einer Stecknadel angepinnt. Ich frage mich, was das soll, denn für mich sieht Napoleon mit seiner eingedrückten Schnauze immer gleich aus. In der Mitte der Wand aber hängt der absolute Wahnsinn: ein großes Ölgemälde mit einem breiten gold verzierten Rahmen, auf dem Napoleon in einer Uniform steckt, wie sie der echte Napoleon getragen haben muss. Zugegeben, der schwarze Hut mit den zwei Krempen sieht richtig cool an dem kleinen Mops aus.

Die Klospülung, die auf einmal leise aus dem Flur zu hören ist, reißt mich aus meinen Gedanken. Schon sind fünf Minuten um, ohne dass ich weitergekommen bin. Dafür kommt Paul zufrieden aus dem Gästeklo, der Termin dort scheint sich gelohnt zu haben.

»Noch nichts gefunden?«, fragt er, während seine Augen staunend durch das Zimmer kreisen. Ich werfe ihm einen strengen Blick zu.

»Nein. Mach dich vom Acker, du wirst draußen gebraucht.«

Paul muckt nicht rum, sondern zischt ab. Irgendetwas war anders an ihm, aber ich habe keine Zeit, darüber nachzudenken, weil ich auf der hohen Kommode neben dem Sofa die gesuchte Aktentasche entdecke. Keine Ahnung, warum Vogel sie so weit oben aufbewahrt. Vielleicht versteckt er sie vor Napoleon.

Weil ich nicht an sie herankomme, ziehe ich einen Schuh aus, um aufs Sofa zu steigen. Es ist so weich, dass ich darin einsinke. Nur mit Mühe kann ich die Balance halten, bis ich Vogels Tasche heruntergeholt und wieder festen Boden unter den Füßen habe. Doch der Einsatz hat sich nicht gelohnt. Die Tasche ist leer bis auf die Zeitungsseite mit dem Horoskop, ein paar Stifte, ein Notizbuch, eine halbe Rolle Hundeabfalltüten, einen Gummiknochen und fünf Päckchen Taschentücher – ich kann sie noch so häufig durchsuchen. Wenigstens weiß ich jetzt, wen ich das nächste Mal anhauen muss, wenn ich Taschentücher brauche.

Genervt steige ich wieder aufs Sofa und versuche, die Tasche an die gleiche Stelle wie vorher zu schieben. Vogel traue ich zu, dass er auf so etwas achtet. Doch irgendetwas muss sich auf den freien Platz verschoben haben, denn ich spüre einen Widerstand. Als ich es mit Kraft versuche, passiert es: Die Tasche kippt um und rutscht von der Kommode. Der Inhalt regnet auf mich herab, und weil ich meinen Kopf mit den Armen schütze, komme ich ins Straucheln. Beim Versuch mich festzuhalten, erwische ich eine Lampe. Zusammen kippen wir gegen die Wand und bringen die Bilder ins Rutschen. Wie beim Domino kicken sie sich gegenseitig von den Nägeln, und je nach Gewicht prasseln oder rieseln sie herunter.

Als der Bergrutsch zu Ende ist, sieht es um das Sofa herum aus wie nach einem Erdbeben: Auf dem Boden stapeln sich zerbrochene Bilderrahmen, Fotos und Scherben. Die Wand hinter mir ist leer, bis auf das große Gemälde von Napoleon, das schief an der Wand hängt, aber immerhin: noch hängt.

Mein Versuch, etwas gut zu machen, indem ich das Bild wieder geraderücke, endet schrecklich: Der Nagel, der das Bild gehalten hat, löst sich ebenfalls von der Wand. Wie in Zeitlupe kippt das Bild auf mich, ich kann mich vor Schrecken nicht rühren. Zusammen fallen wir vom Sofa runter auf den Couchtisch, der unter mir zusammenbricht. Immerhin falle ich nicht in die Scherben.

Das Unglück hat keine Minute gedauert, obwohl es mir vorkam wie eine Ewigkeit. Benommen krieche ich unter dem Gemälde hervor, das auf mir liegt, und komme auf die Beine. Ich traue mich kaum, nach ihm zu sehen. Von außen sieht es unbeschädigt aus, also kann nicht viel passiert sein. Vorsichtig hebe ich den Rahmen an, um mich zu vergewissern. Der Schock trifft mich: Napoleon ist wie weggezaubert. Stattdessen steckt eine historische Karte von Frankreich im Rahmen. Das kann nicht sein, unmöglich!

Ungläubig starre ich auf das Bild. Ganz klar: Vogel wird mich köpfen, wenn er mich hier findet. Frankreich ist bekannt für seine Guillotinen. Da kann die Todesstrafe noch so lange abgeschafft worden sein.

In diesem Moment klingelt mein Handy, es ist Malte, wie mir der Klingelton verrät. Apathisch gehe ich ran.

»Vogel ist wieder auf dem Rückmarsch. Zehn Minuten hast du. Mehr nicht.«

Mehr als ein Schnaufen kriege ich nicht zustande.

»Ist was?«, will Malte wissen. »Du klingst komisch.«

»Ja«, antworte ich und lege auf. Keine Zeit für Psychokrisen, sage ich mir, ich muss in die Hände spucken. Nur, wenn ich das Feuerzeug finde, kann ich das Chaos ungeschehen machen. Also stelle ich das Gemälde auf dem Sofa ab und setze eilig meine Suche fort. In der Kommode ist das Feuerzeug nicht, auch nicht auf dem Fenstersims oder dem Schreibtisch, auf dem ein Wackelhund wacht.

Schon wieder klingelt es, das muss Melle sein. Mit der einen Hand durchwühle ich einen Kasten mit Krimskrams, mit der anderen gehe ich ans Handy.

»Vogel ist *gegen* die Abschaffung der Hundesteuer. Kann doch nicht sein.«

»Rufst du deswegen an?!«

»Nein: Er biegt jeden Moment in die Straße ein. Du solltest dich langsam aus dem Staub machen.«

Mein Blick fällt auf den Schreibtisch. Dort liegt meine Arbeit, doch die ist jetzt nicht wichtig. Aber die Schreibtischschublade unterhalb des Wackelhundes könnte interessant sein.

»Okay«, sage ich, stecke das Handy in die Tasche und reiße die Schublade auf, meine letzte Aktion, bevor ich die Beine in die Hand nehmen muss.

Beim Anblick des Inhalts geht die Sonne auf, ich fühl mich wie Indiana Jones bei der Entdeckung des heiligen Grals. Mindestens fünfzig Feuerzeuge strahlen mich an, ich muss nur das richtige finden, und zwar so schnell wie möglich. Da klingelt es wieder. Das muss Paul sein, die letzte Station, aber warum jetzt schon? Alarmstufe Rot, es muss etwas passiert sein.

»Ich konnte Vogel nicht um Spenden bitten, ich hab die Spendenbox aufm Klo vergessen. Sorry, aber …«

Das war's, was mir vorhin an Paul aufgefallen war.

»Wie lange habe ich noch?«, unterbreche ich Paul, während ich fieberhaft in der Schublade herumsuche.

»Eine Minute noch. Höchstens.«

»Fuck!!«

Das hier muss es sein! Ich stecke mein Handy weg und nehme das Feuerzeug heraus, um es zu zünden, bevor Vogel mich erwischt. Ich bereue es noch im selben Moment, denn statt des Lichts schießt eine Flamme hervor, die die Plastikschnauze des Wackelhundes erreicht und den Kopf zum Wackeln bringt. Innerhalb einer Sekunde steht der Kopf in Flammen, als wäre er in Brandbeschleuniger getaucht. Vor Schreck lasse ich das Feuerzeug fallen. Gleichzeitig höre ich draußen die Tür gehen. Vogel – auch das noch!

Kurz entschlossen nehme ich eine Blumenvase, werfe die Blumen weg und schütte das Blumenwasser über den brennenden Hund. Es reicht, um die Flamme zu löschen, dafür hat der Hund jetzt einen vor sich hinzischenden Schrumpfkopf, und der Schreibtisch ist überschwemmt. Egal!

Napoleon kommt laut kläffend um die Ecke auf mich zugerast und springt wie ein Flummi vor mir herum. Der Gummiknochen aus der Aktentasche, der auf dem Boden liegt, rettet mich. Ich werfe ihn auf die andere Seite des Zimmers, sofort jagt Napoleon hinterher. Während Vogel vom Brandgeruch und vom Kläffen seines Hundes angelockt ins Wohnzimmer stürzt und angesichts der Verwüstung die Hände schreiend über dem Kopf zusammenschlägt, kann ich mich in letzter Sekunde hinter den Schreibtisch ducken und durch den Durchgang dahinter zum Flur Richtung Eingangstür kriechen. Erst, als ich dort angekommen bin, traue ich mich aufzustehen. Ich bete, dass Vogel mich nicht hört, als ich die Tür öffne und nach draußen verschwinde.

Obwohl es schlauer wäre, sofort Land zu gewinnen, schleiche ich mich an der Hauswand entlang zum Wohnzimmerfenster und schiebe mich zwischen die Büsche, die davorstehen. Aus meinem grünen Versteck heraus beobachte ich Vogel.

Der sieht sich noch immer fassungslos in seinem verwüsteten Wohnzimmer um. Plötzlich bückt er sich, um etwas vom Boden aufzuheben, eine Rolle, die inmitten der Trümmer liegt. Behutsam entrollt er sie. Er wirkt erleichtert, als er den Inhalt sieht, und ich bin es auch, denn Napoleon in Uniform ist wieder in vollem Glanz auferstanden, und zwar auf ganz natürliche Weise. Der Grund für sein Verschwinden war kein Hokuspokus, sondern eine zweite Leinwand, mit der die historische Karte bedeckt war und die sich durch den Sturz vom Rahmen gelöst hat. Vive Napoleon!

Der lebende Napoleon hat inzwischen den Gummiknochen gegen das Feuerzeug getauscht, das mir auf den Boden gefallen ist, und versucht, darauf herumzukauen. Vogel stutzt, als er es ihm aus dem Maul nimmt, und geht eilig zum Schreibtisch, wo er die offene Schreibtischschublade entdeckt. Mit einem Griff holt Vogel ein zweites Feuerzeug heraus, das dem anderen sehr ähnlich sieht. Ich kann Vogel durch die Fensterscheibe ansehen, wie es in seinem Hirn arbeitet: Es gibt nur einen, den dieses Feuerzeug interessieren könnte – mich, Eric Fail, dem er es abgenommen hat! Instinktiv ducke ich mich tiefer in den Busch hinein. Während Vogel grübelt, spielt er mit dem Feuerzeug.

Ich sehe es kommen, kann aber nicht verhindern, dass er es in Gang setzt. Zum ersten Mal bin ich nur Zuschauer, als das blaue Licht herauszischt und Vogel zum Leuchten bringt, wie es selbst alle LEDs der Welt zusammen nicht schaffen könnten – wenn das nicht episch ist, was dann!

Mein Lehrer hat seinen Mund wie ein Wahnsinniger aufgerissen. Auch wenn man es nicht hören kann: Er schreit um Hilfe, und das verstehe ich gut. Ich hoffe, ich habe nicht genauso dämlich ausgesehen. Schon beginnt das Licht alle Konturen zu überstrahlen – ein Panorama aus Licht. Ich bin so fasziniert, dass ich mich nicht von der Stelle bewegen kann.

Die Zeitkrümmung erledigt das für mich.

Auf einmal bin ich wieder im Wohnzimmer und liege unter dem Gemälde auf dem zerstörten Couchtisch. Vogel und Napoleon sind weg, wahrscheinlich auf dem Nachhauseweg, wohin sie das Licht katapultiert hat. Mir ist sofort klar, dass Naturgewalt Teil I (Erdbeben) schon hinter mir liegt. Teil II (Feuer) und Teil III (Überschwemmung) sind dagegen noch abwendbar, zumindest, wenn ich keines der Feuerzeuge aus Vogels Schreibtisch anrühre.

Nachdem ich mich aufgerappelt und das Gemälde aufs Sofa gestellt habe, bücke ich mich nach der Leinwandrolle, lege sie neben dem Gemälde ab, damit nicht eine unvorhergesehene Katastrophe passiert und der gemalte Napoleon doch noch ins Gras beißen muss. Schon klingelt mein Handy, Malte ist dran. Er flüstert aufgeregt: »Vogel ist gerade hier gewesen, aber es läuft nicht nach Plan. Er ist völlig durchgedreht.«

»Was ist passiert?«

»Als ich ihm die Unterschriftenliste gezeigt hab, hat er mich angestarrt wie ein Alien und seinen Finger in meinen Arm gedrückt. Ich hab gedacht, der ist irre. Dann ist er vor mir weggelaufen, nicht nach Hause, sondern Richtung Strand.«

»Hast du das Feuerzeug gesehen?«

»Nö. Wie kommst du darauf, dass er es dabeihatte?«

»Er hat es aktiviert, vor meinen Augen.«

»Ach du Scheiße! Dann haben wir gerade eine Schleife gedreht, ohne es zu wissen.«

»Du hast es erfasst.«

»Hat er dich auch gesehen?«

»Nein, ich konnte mich verstecken.«

»Okay. Da fällt mir ein: Vogel hat etwas weggeworfen, bevor er losgerannt ist. Vielleicht war es das Feuerzeug.«

»Trommel die anderen zusammen. Ich komme gleich nach.«

Doch kaum legen wir auf, ruft Melle an.

»Eric, hier läuft was falsch. Vogel rennt im Zickzack am Strand entlang, wie von einer Wespe gestochen. Und sein Hund ihm hinterher.«

In drei Sätzen kläre ich Melle auf, dass der alte Plan im Eimer ist und sie Malte beim Suchen nach dem Feuerzeug helfen soll. Kurz darauf klingelt es wieder. Das kann nur Paul sein. Ich warte seine Rede nicht ab, sondern lege gleich los: »Erstens: Aktion ist abgeblasen. Malte und Melle wissen mehr.

Zweitens: Die Spendenbox bring ich mit.«

»Ähh …«

»Bis gleich.«

Während ich das Handy wegstecke und mich deprimiert in dem Chaos umblicke, kommt mir eine Idee, was ich selbst zu meiner Rettung beitragen kann. Mit zwei Schritten bin ich beim Schreibtisch und stecke den Zettel mit Melles Lösungen in meine Tasche. Falls das Schlimmste eintritt und das Feuerzeug weg ist, kann Vogel mir wenigstens keinen Betrug nachweisen.

Bevor ich Vogels Haus verlasse, nehme ich die Spendenbox mit, die Paul vergessen hat. Sie ist der einzige sichtbare Beweis, dass ich im Haus gewesen bin – die Trümmerlandschaft im Wohnzimmer mal nicht mitgerechnet. Einer Eingebung folgend kehre ich noch einmal an den Tatort zurück und wühle mich zur Zeitungsseite mit dem Horoskop durch. Wenn Vogel wirklich an höhere Mächte glaubt, dann soll er bitte schön ihnen die Schuld an dem Zustand seines Wohnzimmers geben. Deshalb lege ich das Horoskop gut sichtbar obendrauf.

Danach mache ich mich aus dem Staub, keine Minute zu früh. Auf dem Weg treffe ich Vogel, der sich verschwitzt an mir vorbeischleppt, doch er scheint mich nicht zu bemerken. Nur Napoleon kläfft mich wie-

der einmal an und läuft keuchend eine Runde um mich herum, bevor er seinem Herrchen hinterhertrottet.

Es dauert nicht lange, bis ich die anderen finde. Sie sitzen auf einer Mauer und warten gespannt auf mich.

»Habt ihr nichts Besseres zu tun, als faul rumzusitzen?«

Paul zieht strahlend das Feuerzeug hervor, das er hinter seinem Rücken versteckt hält. Mir fallen Felsbrocken vom Herzen. Ganze Gebirgskämme.

»Wenn du es wiederhaben willst, musst du netter zu uns sein.«

Ich stelle die Spendenbox auf der Mauer ab.

»Ist das nett genug?«, frage ich grinsend.

Paul tut, als ob er überlegen müsste, dann hält er es mir hin. Bis auf ein paar Kratzer sieht das Feuerzeug intakt aus.

»Also los, erzähl schon, was los war!«, fordert mich Malte auf.

»Die Kurzversion: Vogels Wohnzimmer liegt in Schutt und Asche. Ansonsten ist alles gut gelaufen.«

Die anderen lachen, sie denken, ich hätte einen Witz gemacht. Das Lachen vergeht ihnen, als ich ihnen die Langversion präsentiere. Atemlos hören sie mir zu. Danach ist Stille. Nur Paul klappert mit der Spendenbox, in die wir für den Effekt ein paar Cents hineingesteckt haben.

»Mannomann«, fasst er zusammen.

Malte springt von der Mauer. »Worauf wartest du noch? Vogel kann jeden Moment zu Hause sein, dann holt er die Polizei!«

Paul nickt dramatisch. Mir fällt auf, dass Melle die ganze Zeit geschwiegen hat.

»Bist du bereit, Melle?«

Sie stellt mir eine Gegenfrage: »Bis wohin willst du alles rückgängig machen?«

»Gute Frage.«

Im Kopf gehe ich rückwärts die Stationen durch, die einen Neuanstrich brauchen: der Einbruch bei Vogel, das Verhör bei Waldau, dann der Moment, in dem ich Melles Lösungszettel verloren habe – das muss während der Arbeit geschehen sein, beim letzten Versuch. Wahrscheinlich, als die Feuerwehr Napoleon vom Baum geholt hat. Und die Wette mit Kai … war die vorher oder nachher? Puuuh! In meinem Kopf schwirren so viele Bilder von so vielen Situationen herum wie Satellitenschrott im Weltall. Ich weiß nicht mehr, woran ich mich erinnern sollte und woran nicht. Angestrengt kratze ich mich am Kopf.

»Im Moment habe ich den Überblick verloren«, gebe ich zu.

»Blöd«, ist Melles Kommentar. »Bevor du die Geschichte umkrempelst, solltest du das genau wissen.«

»Am besten ich geh auf Nummer sicher. Radikalschnitt bis heute Morgen.«

Paul protestiert: »Noch mal Versmaße bei der Dinkel ertrage ich nicht.«

»Willst du deinen Klassenbucheintrag nicht löschen?«

Paul fasst sich an den Kopf. »Hab ich verdrängt.«

»Den ganzen Tag also«, fasst Melle zusammen. »Dann ist ja nichts mehr von alldem heute passiert.«

»Genau darum geht es doch«, gebe ich zurück. »Alle Probleme, die bei mir heute aufgelaufen sind, im Ozean zu versenken.«

Melle schiebt ihre störrischen Haare hinters Ohr. »Die meine ich nicht, sondern alles andere, was wir erlebt haben: den Spaß, den wir bei der Aktion hatten. Das radierst du alles mit aus. Nee, da will ich lieber nicht dabei sein.«

Sie lässt sich von der Mauer gleiten. »Tschüss«, sagt sie und gibt mir einen Kuss auf die Wange.

Vor meinen Freunden.

Ich kann nichts dagegen tun, und ehrlich gesagt, will ich es auch gar nicht, denn es ist kein schlechtes Gefühl. Es brizzelt fast so sehr, wie beim Zünden des Feuerzeugs, nur woanders.

»Warte!«, huscht es über meine Lippen, bevor ich es verhindern kann.

Melle bleibt stehen und dreht sich zu mir um.

»Heute Morgen hast du gesagt, es wäre dämlich, mit 'ner Klobrille herumzutanzen«, halte ich ihr vor. »Wenn ich mich nicht zum Affen machen will, muss ich die Zeit zurückdrehen. Oder hast du eine bessere Idee?«

Melle schüttelt den Kopf.

»Dann bleib hier. Was ich ausradiere, hat nur für andere nicht stattgefunden, für uns schon. Zumindest erinnern wir uns daran. Willst du das nicht? Dich gemeinsam mit uns erinnern?«

Melle zögert. Ohne etwas zu sagen, guckt sie in die Runde, dann nickt sie. »Also gut. So eine flammende Rede hast du noch nie von dir gegeben. Muss belohnt werden, oder?«

Ich grinse sie an. Gestern wäre ich bei solch einem Spruch an die Decke gegangen.

Paul springt ebenfalls von der Mauer. »Können wir endlich loslegen? Ich habe Hunger.«

Erleichtert darüber, dass alle im Boot sind, hebe ich das Feuerzeug hoch. Es fühlt sich anders an, als ich es in Erinnerung habe, irgendwie wärmer. Ich weiß nicht, was das bedeutet, aber es lenkt mich ab. Aus den Augenwinkeln bemerke ich zwar Napoleon, der plötzlich um die Mauer läuft, obwohl er eigentlich bei Vogel zu Hause sein sollte. Doch die Info erreicht nicht mein Hirn, sonst hätte ich sofort die Notbremse gezogen, denn wo Napoleon ist, ist auch Vogel nicht weit. Gerade als mein Daumen über das Zündrad schnellt, taucht der Kopf meines Lehrers hinter der Mauer auf.

»Was passiert hier?«, will er von uns wissen.

Das Licht ist schneller als jede Antwort.

22

Kurz darauf stehe ich in Vogels Wohnzimmer, das wunderbar aufgeräumt ist, weil ich noch keine Zeit hatte, es zu verwüsten. Vogel muss noch irgendwo draußen sein, die anderen ebenfalls. Dass mein Lehrer diese Zeitschleife live miterlebt, macht alles komplizierter, als es sowieso schon ist.

Mein größtes Problem ist aber, dass das Feuerzeug plötzlich bockt, dabei müsste ich viel weiter zurück in der Zeit. Mein Daumen ist von den vielen Versuchen, das Zündrad zu drehen, so heiß gelaufen, dass ich ihn in der Blumenvase abkühle. Doch mehr als ein Zischen kann ich Feuerzeug und Daumen nicht entlocken.

Paul kommt vom Klo, aufgeregt stürmt er ins Wohnzimmer. Er hat an die Spendenbox gedacht, obwohl das im Moment das Unwichtigste der Welt ist.

»Ist dir klar, dass wir jetzt Vogel im Nacken haben?«

»Solange er nicht weiß, was das Feuerzeug kann, brauchen wir keine Angst zu haben«, versuch ich ihn zu beruhigen. »Alleine kommt er nicht drauf, versprochen!«

»Braucht er auch nicht. Wenn er checkt, dass du sein Wohnzimmer auf dem Gewissen hast, bist du auch so am Arsch. Und wir hängen mit drin, weil wir dir geholfen haben.«

»Guck dich um: Siehst du irgendwas Auffälliges? Hauptsache, wir sind weg, bevor er zurückkommt.«

Erst jetzt registriert Paul die Umgebung. Er nickt besänftigt, aber zufrieden ist er noch nicht. »Warum machen wir hier so lange Zwischenstation? Kurbel die Zeit weiter zurück! So wie verabredet.«

»Würde ich ja gern!«, platze ich heraus. »Ich kann nicht. Vielleicht muss das Ding aufgeladen werden.«

Paul sieht mich an, als würde ich die nahende Apokalypse verkündigen. »Aufladen? Womit denn?«

»Frag mich was Leichteres. Jedenfalls bestimmt nicht mit Benzin oder Gas.«

Paul atmet schwer durch. »Schätze, dann bleibt uns nur eins: verschwinden, bevor Vogel auftaucht.«

»Sag ich doch. Ich muss noch Melles Lösungszettel mitnehmen. Du schaust nach, ob die Luft rein ist.«

Paul zögert, mich alleine zu lassen.

»Nur, wenn du diesmal das Haus stehen lässt.«

»Ich geb mir Mühe.«

Während Paul im Flur verschwindet, gehe ich zum Schreibtisch und stecke den einzigen Beweis ein, den Vogel gegen mich hat: den Lösungszettel. Ansonsten fasse ich nichts an und versuche auch, nirgends gegenzustoßen. Das Ganze klappt nur in Zeitlupe, ich komme mir vor wie einer aus der Tai-Chi-Gruppe, die samstags am Strand trainiert. Keine Ahnung, was daran entspannend sein soll.

»Hier ist alles okay«, raunt mir Paul durch den Flur zu.

»Ja«, rufe ich zurück. Als ich durch den Türrahmen der Wohnzimmertür gehe und Napoleons Wachstumsphasen sehe, kann ich nicht anders: Mit einem Bleistiftstummel aus meiner Hosentasche zeichne ich in Gürtelhöhe einen Strich auf den Rahmen, daneben schreibe ich das Datum von heute. Schade, dass ich Vogels Gesicht nicht sehen kann, wenn er es irgendwann entdeckt.

»Was machst du da?«, drängelt Paul.

»Ich komm ja schon.«

Als wir aus dem Haus wollen, bekommen wir von Malte einen Notruf. Vogel ist eine Abkürzung gegangen und jeden Moment zu Hause. Wir sollen alles stehen und liegen lassen, damit er uns nicht erwischt.

Ohne zu überlegen, zerre ich Paul in den Busch, mit dem ich schon bei meiner ersten Zeitschleife Bekanntschaft gemacht habe. Keine Sekunde zu früh, denn schon fegt Vogel um die Ecke und steuert stramm auf sein Haus zu. Ohne den Busch wären wir geliefert, dafür nehme ich gern den Zweig in Kauf, der sich in mein Ohr bohrt.

»Au!«, zischt Paul. «Du trittst mir auf den Fuß.«

»Kann doch nichts dafür, dass es so eng ist«, zische ich zurück.

Mit Schrecken sehen wir, dass sich Napoleon schnüffelnd auf unseren Busch zubewegt. Gott sei Dank ist Vogels Spürnase weniger gut ausgebildet als die seines Hundes, er pfeift Napoleon zurück.

»Napoleon! Komm sofort zu mir!«

Unwillig lässt der Mops von uns ab und trottet zu seinem Herrchen, der im Eingang wartet. In der gleichen Sekunde fährt ein Polizeiwagen um die Ecke und hält vor dem Haus. Zwei Polizisten steigen aus.

»Gut, dass Sie kommen!«, ruft Herr Vogel. »Hier geht's rein.«

Zusammen verschwinden alle hinter der Tür. Sofort will Paul aus dem Busch heraus, ich zerre ihn zurück.

»Was soll das?«

»Wir müssen hier weg!«

Ich zeige mit dem Kinn zum Fenster. »Willst du nicht wissen, was die machen?«

»Weiß ich auch so: Sie spendieren uns gleich eine Gratisfahrt im Polizeiwagen.«

»Weil Vogels Wohnung plötzlich wie durch Zauberhand aufgeräumt ist? Die halten ihn doch für einen Spinner.«

Paul schlägt seine Hand gegen die Stirn. »Hast recht! Das habe ich ganz vergessen! Dieses Hin und Her in der Zeit macht mich so was von knorre.«

Neugierig linst er durchs Fenster, und ich linse mit ihm. Von unserem Platz aus haben wir das Wohnzimmer gut im Blick.

Vogel steht mit den beiden Polizisten vor seinem Sofa, dreht sich auf der Stelle und sieht sich erstaunt im Zimmer um. Dabei fährt er sich mit den Händen durch die Haare. Ich kann mir vorstellen, was in ihm vorgeht. *Wie kann das sein?* Die Polizisten gucken sich verstohlen an. Als sie gehen wollen, bedeutet Vogel ihnen, einen Moment zu warten.

Mit einer Trittleiter holt er seine Aktentasche vom Schrank und durchwühlt sie eilig. Er zieht eine Seite heraus, die verdächtig nach dem Horoskop aussieht, und will sie den Polizisten zeigen, doch die werfen nur einen höflichen Blick darauf. Als er zum Schreibtisch geht, der ebenfalls picobello aufgeräumt ist, hat die Geduld der Polizisten ein Ende. Sie tippen sich an ihre Mütze und verlassen das Wohnzimmer, obwohl Herr Vogel ihnen mit großen Gesten zu verstehen gibt, dass sich in diesem Raum etwas Schlimmes abgespielt hat.

Wir ducken uns tiefer in den Busch, damit die herauskommenden Polizisten uns nicht doch noch entdecken. Doch die haben nur ein Interesse: weg hier. Kopfschüttelnd steigen sie in ihren Wagen und fahren davon.

Innen hat sich nicht viel getan. Vogel hält die Hände ungläubig in die Seite gestemmt und holt tief Luft. Dann zieht er die Schublade auf und nimmt ein Feuerzeug heraus, das meinem sehr ähnlich sieht. Er prüft es von allen Seiten, lässt es anspringen. Eine Flamme schießt hervor, stinknormal. Das ändert sich auch nicht, als er den Vorgang noch zweimal wiederholt.

Vogels zunehmend verstörter Blick fällt auf meine Arbeit. Er stutzt, hebt sie hoch, schaut unter dem Schreibtisch nach, doch er findet nicht, was er sucht: ohne Zweifel den Zettel mit Melles Lösungen. Das scheint ihm den Rest zu geben. Wie ein alter Mann sinkt er auf seinen Schreibtischstuhl. Ich wette, Millionen Neuronen ballern in seinem Hirn herum und suchen nach Antworten, die sie nie finden werden. Er kann einem schon leidtun.

Müde gibt Vogel dem Wackelhund einen Stoß mit seinem Zeigefinger. Je länger ich meinem Lehrer zusehe, desto mehr meldet sich mein schlechtes Gewissen. Mein Glück ist sein Unglück. Andererseits: Hätte er wegen des Lösungszettels nicht so eine große Welle bei Waldau gemacht, wären wir jetzt beide zufrieden.

Ein Knurren neben mir lenkt mich ab. Napoleon kann es nicht sein.

»Das war mein Magen«, raunt Paul mir zu. »Hast du was zu essen dabei?«

»Nein.«

»Dann lass uns gehen«, schlägt Paul vor. »Da passiert sowieso nichts mehr.«

Erleichtert verlassen wir den Busch und laufen gebückt durch den Vorgarten, bis wir außer Sichtweite des Fensters sind – nur falls Vogel auf die Idee kommen sollte, draußen nach Antworten zu suchen. Dann machen wir, dass wir wegkommen.

Am Treffpunkt erwarten uns Malte und Melle schon aufgeregt.

»Seid ihr verrückt? Wo wart ihr so lange?«, überfällt Malte uns, bevor wir Luft holen können. »Wir haben gedacht, Vogel hat euch erwischt.«

»Wir konnten ihn nicht aufhalten«, entschuldigt sich Melle. »Er hatte es supereilig.«

Auf dem Nachhauseweg erzähle ich den beiden, dass wir Vogel tatsächlich nur knapp entwischt sind, und Paul schmückt alles noch ein bisschen größer und dramatischer aus.

»Ohne das Feuerzeug ist unser Plan im Eimer«, beendet Paul unseren Bericht.

»Nur der halbe. Ohne einen Beweis kann Vogel mir nicht an den Lack. Das ist doch schon mal was.«

»Und was ist mit Kai? Und der Wette?«, will Malte wissen.

Mir wird ganz heiß bei dem Gedanken.

»Um den macht euch mal keine Sorgen. Die Wette hat er längst vergessen.« Meine mutige Einschätzung verblüfft nicht nur meine Freunde, sondern auch mich.

Pauls Hunger und die Tatsache, dass wir an der Bushaltestelle angekommen sind, an der er und Malte abbiegen müssen, verhindert kritische Rückfragen. Zusammen verschwinden sie um die Ecke, Melle und ich gehen den Rest des Weges alleine weiter.

»Glaubst du das wirklich?«, fragt Melle nach einer Weile.

»Klar«, behaupte ich, alleine schon, weil sie mir das nicht zutraut.

Doch Melle lässt sich nicht so einfach abspeisen. Sie sieht mich spöttisch an.

Glücklicherweise sind wir zu Hause angekommen und ich kann vorgehen, um die Tür aufzuschließen. Als wir drinnen sind und ich die Tür wieder zumachen will, steht Knut plötzlich im Vorgarten, die pinke Kapuze ins Gesicht gezogen. Keine Ahnung, aus welchem Busch er gekrochen kam. Ihn hatte ich völlig vergessen.

»Psst! Eric«, flüstert er und winkt mich zu sich. »Ich bin den ganzen Nachmittag herumgelaufen. Ich kann nicht mehr.«

Als er im Hintergrund Melle sieht, die seine Sachen trägt, stutzt er. Ich versuche, mir mein schlechtes Gewissen nicht ansehen zu lassen.

»Hat die Schmuggelaktion nicht funktioniert?«

»Doch, alles super, Knut. Du hast deine Aufgabe bestens erfüllt, würde Mühlrath sagen. 1a mit Sternchen.«

»Im Ernst?«

»Klar, wenn ich es sage.«

Knut lächelt glücklich unter seinen verschwitzten Haaren hervor. »Kann ich meine Klamotten vielleicht wiederhaben? Ich kann so nicht nach Hause«, entschuldigt er sich.

»Klamotten, äh, klar. Am besten du ziehst dich wieder im Bad um. Ich bring sie dir.«

Ich gebe die Tür frei, damit Knut ins Bad gehen kann.

»Hallo«, sagt Melle.

»Hallo«, antwortet Knut verlegen.

Beide begutachten sich in den Klamotten des anderen, bis ich Knut ins Bad schiebe.

»Du hast es gehört: Er braucht seine Sachen wieder.«

»Die stehen ihm auch besser«, sagt Melle. »Bin gleich wieder hier.«

Sie läuft in mein Zimmer. Ich gehe hinterher und warte vor der Tür. Von innen sind laute Geräusche zu hören, es klingt, als würde sie einen Kampf mit ihrem Koffer ausfechten. Neugierig lege ich mein Ohr an die Tür.

»Man lauscht nicht an fremden Türen«, rügt mich Mama plötzlich von hinten, während sie schwungvoll die Badezimmertür aufreißt. Ich habe sie nicht kommen hören. Knut, der sich gerade bis auf die Unterhose ausgezogen hat, steht schreckerfüllt vor ihr. Meine Mutter sieht ihn überrascht an.

»Oh, hallo, du schon wieder. Tut mir leid für die Störung.«

Sie will die Tür wieder schließen, doch dann ändert sie ihre Meinung und bleibt stehen.

»Man muss sich nicht schämen und auch nicht verstecken, nur weil man anders ist, als von einem erwartet wird«, erklärt sie mit sanfter Stimme.

Knut steht da wie festgefroren, unfähig zu einer Antwort. Sein Kopf ruckt wie ein Roboter, als er zum Nicken ansetzt. Ich komme ihm zu Hilfe.

»Mama, du verstehst das völlig falsch.«

»Eric, es ist nett, dass du Knut in Schutz nehmen willst, aber genau *das* ist falsch. Sich zu sich selbst zu bekennen ist Voraussetzung für ein erfülltes Leben. Jeder Mensch hat ein Recht darauf.«

Mama von ihrem Trip runterzuholen, auf den sie sich einmal eingeschwungen hat, ist so unmöglich wie einer Kuh das Melken beizubringen.

»Ja, Mama«, sage ich und ziehe die Badezimmertür zu. »Und jeder Mensch hat ein Recht auf Privatsphäre. Deswegen stör uns … äh … Knut jetzt bitte nicht.«

Mama zieht die Augenbrauen hoch und öffnet den Mund, als wolle sie etwas sagen, hält dann aber inne.

»Ich verstehe. Akzeptiert«, sagt sie stattdessen. »Ich hole morgen jemanden, der das Türschloss repariert.

»Gute Idee«, sage ich, nicht wegen Knut, sondern damit ich keine Angst mehr haben muss, dass Melle oder Mama ins Bad platzen, während ich auf dem Klo hocke.

Zufrieden zieht Mama wieder Richtung Küche ab. Ich klopfe bei Knut.

»Gefahr vorbei. Hast du die Klamotten?«

Die Tür geht einen Spalt auf. Knuts Hand reicht die Sachen durch den Türspalt, ich glaube sie zittert. Kein Wunder. Bei Mama zittern alle irgendwann.

In der Zwischenzeit ist Melle mit neuen Klamotten aus dem Zimmer gekommen und hängt Knuts Sachen an die Türklinke. Ihre tagesaktuelle Farbkombination ist schwarz-gelb, dazu trägt sie eine gelbe Blume im Haar – ab jetzt scheint bei ihr die Hummelphase angesagt zu sein.

Als ich Melle im Tausch die von Knut getragenen Klamotten zurückgebe, rümpft sie die Nase. »Wo ist eure Waschmaschine?«

»Im Keller.«

Ohne Kommentar verschwindet sie die Kellertreppe hinunter, und ich kann Knut seine Sachen endlich wiedergeben. Kurz darauf kommt Knut erleichtert raus. Melles Duft umweht ihn.

»Willst du immer noch beim Geheimdienst anheuern?«, witzele ich, damit wir nicht über das reden müssen, was Mama in die Welt gestreut hat.

»Für heute habe ich genug. Ehrlich gesagt: Ich habe mir das irgendwie anders vorgestellt.«

Ich nicke wissend. »Man weiß vorher nie, was passiert«, antworte ich, als wäre ich der alte Jedi Yoda persönlich. Mit diesen

Worten entlasse ich Knut in die Freiheit. Dankbar läuft er nach Hause.

Beim Abendessen sprechen wir kein Wort mehr über Knut. Das Versprechen habe ich Mama abgerungen, und sie hält sich auch dran. Dafür löchert sie Melle und mich, wie wir den Tag verbracht haben. Abgesehen davon, dass ich mit der Chronologie der Ereignisse Schwierigkeiten habe, ist es schwer, alle verräterischen Schlaglöcher auf dem Weg zu umschiffen. Denn wenn ich mich richtig erinnere, ging der Tag mit dem Tricksen bei der Franzearbeit und dem Einbruch bei Vogel drauf, was ich lieber nicht erzähle. Die Fragen meiner Eltern sind das reinste Spießrutenlaufen für mich.

Ausnahmsweise ist es von Vorteil, dass Melle so viel redet. Sie hoppelt von Thema zu Thema, bis sie auf die Jubiläumsfeier zu sprechen kommt. Meine Mutter ist begeistert, dass wir eine Show auf die Beine stellen wollen.

»Und du machst auch mit?«, will sie von Melle wissen.

Melle guckt mich von der Seite an. »Mal sehen.«

»Ihr wisst, dass ihr hier ein Tonstudio direkt vor eurer Nase habt. Kommt zu mir, wenn ihr Unterstützung braucht. Papa hilft bestimmt auch.«

»Klar! Solange ich nicht auf die Bühne muss, mache ich alles, damit es ein unvergesslicher Auftritt wird«, meint Papa und lächelt.

Ich weiß nicht, ob er uns helfen würde, wenn ich ihm gesagt hätte, das Unvergesslichkeit auch etwas anderes bedeuten kann: den ersten

Platz bei den Top Five der peinlichsten Shows und als Zugabe ein Foto mit Klobrille im Jubiläumsjahrbuch. Halbnackt versteht sich. Davon haben garantiert auch die nächsten Schülergenerationen noch etwas.

Zum Glück verlieren meine Eltern das Interesse an dem Thema, und das Abendessen läuft von da an einigermaßen stressfrei.

Als ich zwei Stunden später mit vollem Magen ins Bett gehe, hole ich das Feuerzeug aus meiner Hose und suche alle Seiten noch einmal gründlich nach einem versteckten Anschluss ab, mit dem man es aufladen könnte. Vergeblich. Das ist mir ein Rätsel. Denn bevor sich etwas leeren kann, muss es befüllt werden, oder etwa nicht? Ich habe keine Idee, wie das Leuchtzeugs in das Feuerzeug hineingekommen ist. Aber eins ist mir klar: Ohne das Ding bin ich verloren. Enttäuscht stecke ich das Feuerzeug wieder weg.

Gerade als ich mich zum Schlafen umdrehe, klopft es plötzlich an der Tür. Es ist Melle. Mit ihr hätte ich am wenigsten gerechnet, obwohl die Chancen 1:3 standen, dass sie es ist. In ihrem plüschigen Jumpsuit oder wie die Dinger heißen wirkt sie wie eine Erscheinung aus einem Fantasyfilm. Keine Fee, eher ein Troll. Sie fragt nicht, ob sie mich stört, sondern hält mir ihr Smartphone vor die Nase.

»DAS hier – das MUSST du dir angucken.«

Da ich froh über eine Ablenkung bin, tue ich, was sie will. Es ist ein YouTube-Video, auf dem ein junger Australier beatboxt. Erst macht er alle möglichen Geräusche nach, vom Telefon bis zum Flugzeug und dann eine Menge Musikinstrumente, die er zu einem Stück zusammenmixt. Voll die coole Nummer.

»Was soll ich damit?«

Melle stemmt ihre Hände in die Seiten. »Eric Fail, du weißt es ganz genau, also frag nicht so blöd.«

»Malte und Paul können nicht beatboxen.«

»Aber du. Und deine Freunde werden ja wohl ein paar Tanzschritte dazu hinkriegen.«

Außer einem Schulterzucken fällt mir keine Antwort ein, denn ich muss an die Klobrillen denken. Schnell schiebe ich den Gedanken wieder weg.

Zackig steckt Melle das Smartphone in ihre Plüschtasche. »Kannst ja mal die Nacht darüber nachdenken, wenn du Lust hast.«

So plötzlich, wie sie hier war, so plötzlich ist sie wieder weg. Angefixt versuche ich, die Nummer aus dem Video nachzumachen. Klappt gar nicht so schlecht. Vor allem die Drums und Bässe machen Spaß.

Schon wieder klopft es an der Tür, aber es ist nicht Melle, sondern Papa.

»Kannst du die Musik leiser drehen? Es ist spät.«

»Welche Musik? Siehst du hier irgendeinen Lautsprecher rumstehen?«

Mein Vater guckt sich irritiert um.

»Dann muss das Melle sein. Tut mir leid. Schlaf gut.«

Mein Vater geht, ich lege mich grinsend wieder ins Bett, hole mein Smartphone heraus und gebe »beatboxen« in die Suchmaschine ein. Die Liste, die sie ausspuckt, ist lang, jede Menge Videos aus allen möglichen Ländern. Nie im Leben hätte ich das gedacht. Da muss erst meine Cousine kommen, die ein ganzes Jahr jünger ist, und mich mit der Nase darauf stoßen.

Ein unbegreifliches Mädchen, denke ich. Ich habe mal gelesen, dass jeder Mensch irgendwo auf der Welt einen Doppelgänger hat. Melle, da bin ich mir sicher, kann's nur ein einziges Mal geben.

Ob es von Lara eine Doppelgängerin gibt? Ein komischer Gedanke. Während ich langsam in den Schlaf sacke, fällt mir auf, dass ich schon ziemlich lange nicht mehr an sie gedacht habe.

Als ich am nächsten Tag müde zum Frühstück schlurfe, bin ich froh, dass noch keiner in der Küche ist. In Ruhe kann ich mein Müsli essen, während ich mir noch mehr Beatbox-Videos reinziehe. Plötzlich klingelt das Telefon. Um diese Zeit können das nur Malte oder Paul sein, um sich krankzumelden, so früh ruft sonst niemand an. Mit vollem Mund gehe ich ran. Doch es ist Frau Zehntausend, im Auftrag von Waldau. Der Direx will mich unbedingt sprechen, wenn möglich noch vor dem Unterricht!

Kann ein Schultag schlimmer beginnen?

Abgesehen davon, dass mein Mund zu voll ist, um zu antworten, fällt mir vor Schreck nichts ein. Grußlos lege ich auf. Als mir das auffällt und ich den Hörer wieder ans Ohr halte, ist Frau Zehntausend natürlich nicht mehr dran.

»Wer hat angerufen? Mein Büro?«, will mein Vater wissen, vom Klingeln angelockt. Er rasiert sich noch.

»Nein, war für mich. Ich muss früher los«, sage ich, und das stimmt ja auch. Warum muss ich ihm nicht aufs Butterbrot schmieren.

Mein Vater grinst. »Dann ist telefonieren wieder angesagt?«

»Nee«, antworte ich und gehe in den Flur, während ich einhändig mit Malte whatsappe – damit er nicht auf mich wartet.

»Und was ist mit Melle? Geht ihr nicht zusammen?«, ruft Papa mir hinterher.

»Kann nachkommen«, rufe ich zurück. »Ich hab's eilig. Sag Mama Tschüss.«

Auf dem Weg zur Schule versuche ich mich gegen alle möglichen Anschuldigungen zu wappnen, die bei Waldau auf mich lauern könnten: Weiß Vogel, dass ich den Zettel mit den Lösungen von seinem Schreibtisch geklaut habe? Habe ich etwas übersehen, vielleicht etwas in seinem Haus liegen lassen? Mir fällt nichts ein, doch mir kommt ein schrecklicher Gedanke: Was, wenn Vogel eine Überwachungskamera installiert hat? Kann das Feuerzeug auch Videoaufnahmen löschen? Falls nicht, hätte Vogel sich in Ruhe reinziehen können, wie ich erst sein Wohnzimmer in eine Trümmerbude verwandle und dann den Zettel klaue. Dann wäre ich richtig dran. Jede Frage macht mich nervöser.

Als ich in der Schule ankomme und an die Tür des Sekretariats klopfe, flattern meine Nerven wie Segel bei Sturm.

»Tut mir leid, dass du so früh kommen musst«, begrüßt mich

Frau Zehntausend. »Herr Waldau hat gleich einen Termin bei der Schulaufsichtsbehörde.«

»Wegen mir?«

»Du bist ja goldig«, hält sie mir amüsiert vor, während sie zu Waldaus Tür geht und klopft. Ohne seine Erlaubnis abzuwarten, öffnet sie die Tür.

»Der Junge ist da. Sie wissen schon ...«, raunt sie verschwörerisch ins Zimmer.

»Soll reinkommen.«

Frau Zehntausend schiebt mich durch die Tür und zieht sie hinter mir sofort ins Schloss.

»Setz dich.«

Lieber würde ich stehen bleiben, weil man dann leichter weglaufen kann, aber ich traue mich nicht. Beinahe kippe ich mit dem Stuhl zusammen um, weil ich mich aus Versehen auf die Lehne setze. Herr Waldau sieht mich milde an und wartet, bis ich sicher sitze.

»Du ahnst, warum du hier bist, Eric?«, beginnt er seine Predigt.

Ich nicke. Wenn ich katholisch wäre, könnte ich jetzt beichten und mir würden alle Sünden vergeben. Leider bin ich evangelisch.

»Herr Vogel kann heute nicht in die Schule kommen, er hat sich krankgemeldet«, beginnt mein Direx. »Er lässt sich entschuldigen. Und er entschuldigt sich bei dir.«

Erstaunt nicke ich. Was soll das denn jetzt heißen?

»Ich sage das wirklich ungerne …«, fährt er fort.

… *aber du kriegst eine Sechs und fliegst von der Schule*, ergänze ich den Satz in meinem Kopf.

»Es tut mir leid, Herr Waldau!«, platze ich verzweifelt heraus. »Ich wollte unbedingt die 9. Klasse schaffen.«

Waldau hebt die Augenbrauen hoch. »Du musst dich nicht entschuldigen, weil du auf einmal Ehrgeiz in dir entdeckst. In deiner Altersstufe sind Schüler selten, die in die Hände spucken und das Ruder rumreißen, wenn es darauf ankommt.«

Waldau beugt sich über den Tisch. Instinktiv grabe ich mich ein Stück weiter in meinen Stuhl ein.

»Wir haben dir unrecht getan. Ich kenne Herrn Vogel als qualifizierten, engagierten und stets korrekten Kollegen«, fährt Waldau fort. »Doch bei deiner Arbeit ist ihm bedauerlicherweise ein Fehler unterlaufen. Er nimmt den Betrugsverdacht zurück. Er sagt, er sei im Moment … nun ja … überarbeitet und hofft, du nimmst seine Entschuldigung an.«

Waldaus Worte schweben vor meinen Augen wie Seifenblasen herum. Ich warte darauf, dass sie platzen und ihren wahren Inhalt über mich ausgießen. Doch Waldau scheint mich nicht auf den Arm zu nehmen, er sieht mich weiter mit diesem hoffnungsvollen Lächeln an.

»Äh, ja, wenn das so ist …«, beginne ich und weiß nicht weiter, »dann ist das … so.«

Waldau nickt zufrieden. »Das nenne ich Sportsgeist! Deine Arbeit korrigiert Herr Vogel zu Ende, sobald es ihm besser geht. Aber er lässt dir ausrichten, dass es für eine Versetzung reicht. Ich gratuliere. Hast du noch Fragen?«

Ich schüttele den Kopf. Habe ich mich eben verhört? Waldau ist schon aufgestanden und gibt mir die Hand.

»Dann wünsche ich dir einen schönen Tag, Eric. Genieß ihn.«

Wie im Rausch verlasse ich den Raum, ich nehme Frau Zehntausend nicht wahr, obwohl ich durch ihr parfümiertes Zimmer muss. Erst als ich draußen bin, löst sich der Nebel in meinem Hirn auf und lässt mein Glück hervorsprudeln. Ich hab's geschafft!!!!

Vor lauter Freude nehme ich Anlauf und schlittere durch den Gang. Kann ich ahnen, dass Herr Mühlrath gerade mit einem Stapel Plastikrohre um die Ecke kommt? Ungebremst rutsche ich in ihn hinein, zusammen mit den Rohren fliegen wir hin. Herr Mühlrath flucht. Da ich diesmal kein Feuerzeug habe, das mich hier rausholt, helfe ich ihm hoch und sammle alle Rohre auf.

»Für dich braucht man ein zweimetergroßes Warnschild«, knurrt Mühlrath.

»Kommt nicht wieder vor!«

»Ha! Den Tag will ich erleben.«

»Sagt mein Vater auch immer!«, kontere ich, während ich ihm das letzte Rohr in seine Arme lege.

Mühlrath unterdrückt einen Lacher. Fast implodiert er. »Nun zieh schon ab.«

Den Gefallen tue ich ihm gerne. Ich laufe in die Pausenhalle, die sich inzwischen gefüllt hat, und suche Malte und Paul, um ihnen die frohe Botschaft zu erzählen. Das müssen wir feiern! So gute Nachrichten gibt's von mir sonst selten.

Vor dem schwarzen Brett klebt eine Traube aus Schülern. Gekicher ist zu hören. Neugierig gehe ich hin und versuche, mich nach vorne durchzuschieben, was normalerweise nicht einfach ist, weil das alle versuchen, und die aus der Oberstufe sowieso das Vorrecht haben. Komischerweise machen mir die Schüler Platz, sobald sie mich sehen. Ich fühle mich wie Moses, vor dem sich das Meer teilt, mit dem Unterschied, dass ich von allen Seiten schief angegrinst werde. *Das* ist Moses bestimmt nicht passiert. Mir müsste das zu denken geben, aber meine gute Laune trägt mich über solche Details hinweg.

Vorne angekommen sehe ich meine Freunde. Ich will sie begrüßen, aber Malte guckt mich an, als hätte er in eine Zitrone gebis-

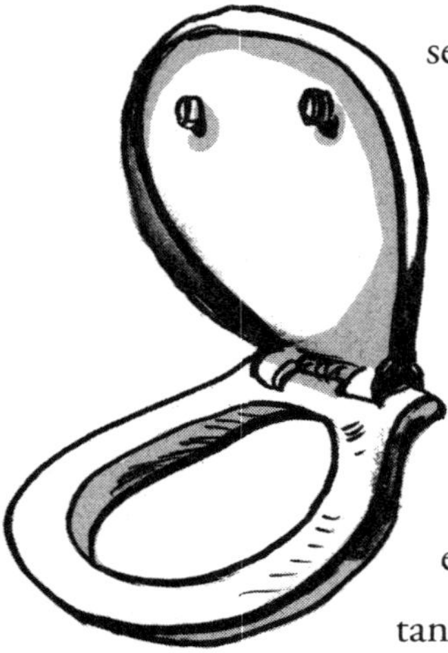

sen. Paul neben ihm starrt kreidebleich auf einen Aushang: die Teilnehmerliste der Jubiläumsfeier.

Irgendjemand hat neben meinem, Maltes und Pauls Namen ein Bild von uns auf einer Bühne gemalt. Es ist nicht besonders gut geworden, aber das Wichtigste ist klar zu erkennen: Abgesehen von einem Lendenschurz und einer Klobrille um den Hals sind wir nackt und tanzen wie Indianer um ein Lagerfeuer. Damit auch ja alle kapieren, über wen man sich hier lustig macht, stehen unsere Namen fett mit Pfeil über den Figuren.

Wenn ich ein Vulkan wäre, würde ich auf der Stelle Magma ausspucken, tief in mir brodelt es schon gefährlich. Dieser Ehrgeiz, von dem Waldau sprach: Gibt's den auch als negative Variante? Ich habe nämlich unbändige Lust, in die Hände zu spucken und Kai den Kopf abzurupfen. Dass *er* hinter der Zeichnung steckt, darauf würde ich sogar mein Teleskop verwetten, auch wenn ich mit Wetten in Zukunft vorsichtiger sein sollte. Eins ist jedenfalls klar: Kai hat die Wette *nicht* vergessen.

Von hinten spüre ich Gedrängel. Melle boxt sich nach vorne zu mir durch, sie trägt passenderweise Kampffarben: Schwarz mit Neongelb. Sie hält einen schwarzen Marker wie eine Waffe vor sich und übermalt das Bild mit dicken Strichen. Daneben schreibt sie in Großbuchstaben: VOLLIDIOT!

Sie muss das Bild schon vor mir gesehen haben. Ich weiß nicht, was ich davon halten soll, dass sie uns verteidigt. Mich hat in meinem ganzen Leben noch niemand verteidigen müssen, erst recht kein Mädchen. Aber wenigstens tut sie etwas und steht nicht so dumm rum wie wir. Entweder mir fällt jetzt ein cooler Spruch ein, den ich in die Runde gebe, oder wir drei sollten schnell Land gewinnen. Sonst wird's peinlich.

Dazu kommt es nicht, denn Paula und Peggie steuern mit großem Hallo auf uns zu. Die fehlen mir gerade. Sie haben zwar kein Mikrofon dabei, aber ihr Smartphone ist genauso gefährlich. Begeistert machen sie ein Selfie von sich und uns vor der Tafel. Das ist noch nicht alles. Sie wollen ein Spontaninterview mit ihrem Dauer-Überraschungsgast und überfallen mich mit Fragen. Mir bleibt nichts übrig, als mitzumachen.

»Was sagst du zu der Zeichnung, Eric?«

»Äh. Ehrliche Meinung? Künstlerisch zum Schütteln. Brr.«

»Hast du sie deswegen übermalen lassen?«

»Ich? Damit habe ich nichts zu tun. Anscheinend bin ich nicht der Einzige, der die Qualität infrage stellt.«

»Hast du eine Idee, wer der Urheber ist?«

»Definitiv der schlechteste Zeichner der Insel. Was sage ich: der ganzen Welt.«

»Ihr habt euch in der Teilnehmerliste unter der Rubrik Show

eingetragen. War das Bild ein Hinweis, was wir bei eurem Auftritt zu erwarten haben?«

»Das wär ja richtig fieses Spoilern, wer tut denn so was? Außerdem sind Indianer out.«

»Eine letzte Frage, Eric: Ist es für dich ein schlechtes Omen?«

»Dass Indianer out sind oder spoilern fies ist?«

»Dass der Wettbewerb so für euch anfängt.«

»Wir werden gewinnen, da macht euch mal keine Hoffnung.«

»Dürfen wir das so drucken?«

»Klar! Ich bestehe darauf!«

»Wir danken dir für das Gespräch, Eric.«

Mit einem zufriedenen Lächeln verziehen sich Peggie und Paula, ihre nächste Zeitungsausgabe ist gesichert. Auch die Schülertraube löst sich auf, in wenigen Minuten beginnt der Unterricht. Ich bin erleichtert, dass es vorbei ist.

Doch kaum sind wir alleine, zieht Paul mich zur Seite. So sauer sehe ich ihn selten.

»Wieso verkündest du der ganzen Welt, dass wir gewinnen!«

»Hätte ich sagen sollen, wir verlieren?«

»Was redest du da? Wir können nur verlieren. Wenn wir was gewinnen, dann den Idiotenpreis.«

»Paul hat recht, Eric«, schaltet sich Malte ein. »Schlimm genug, dass du die Wette angenommen hast.«

»War ein Fehler. Sorry! Aber woher sollte ich wissen, dass das Feuerzeug auf einmal schlappmacht?«

»Genau das ist es«, beklagt sich Paul. »Du planst so was nie ein.«

»Wie denn? Katastrophen klopfen nicht vorher an und fragen: ›Hallo, kann ich demnächst mal vorbeikommen, wenn's passt?‹ Die schneien einfach rein.«

»Vor allem bei dir.«

Der Satz sitzt, auch wenn ich Paul anmerke, dass es ihm im selben Augenblick schon wieder leidtut. Aber draußen ist draußen.

»Versteh doch, Eric: Ich möchte mich nicht lächerlich machen. Alle werden zuschauen. Die Schule. Meine Eltern. Sogar der Pastor, wenn wir Pech haben. Das bringe ich nicht.«

Malte zögert. »Ich auch nicht«, sagt er. »Tut mir leid, Eric, wirklich.«

Damit hätte ich nicht gerechnet.

»Okay, dann ist ja alles klar«, überspiele ich meine Enttäuschung. »Dann ziehe ich das eben alleine durch.«

Malte und Paul wissen nicht, was sie sagen sollen. Ich kenne sie gut genug, um zu wissen, dass sie ein schlechtes Gewissen haben. Mühlrath, der durch die Halle geht, durchbricht unser Schweigen, und ich bin ihm dafür sehr dankbar.

»Habt ihr keinen Unterricht? Dann könnt ihr mir beim Entladen helfen«, ruft er quer durch die Halle.

Mit Schrecken sehen wir, wie spät es schon ist. Eilig sammeln wir unsere Sachen zusammen. Melle, die die ganze Zeit nichts gesagt hatte, protestiert.

»Das kann doch nicht euer letztes Wort sein. Wollt ihr nicht heute Nachmittag noch mal alles bereden?«

Ich brauch nur in die Gesichter von Malte und Paul zu sehen, um zu wissen, dass das überflüssig ist. »Es gibt nichts zu bereden«, sage ich und eile, ohne mich umzudrehen, in Richtung Physikraum.

»So ein Quatsch!«, beharrt Melle.

»Warte doch!«, ruft mir Malte hinterher.

Ich gehe weiter. Sonst muss ich am Ende noch heulen, oder ich sage Sachen, die ich gar nicht sagen will. Auf jeden Fall kommt nichts Gutes dabei raus.

Ich höre Maltes und Pauls schnelle Schritte mir nachkommen. Sie bleiben dicht hinter mir. Bestimmt trauen sie sich nicht, mich einzuholen – über was sollen wir auch reden? Ihre Absage steht wie eine Mauer zwischen uns.

Als wir unseren Physikraum erreichen, ist Herr Lauterbach schon zurück von seiner Schlüsselodyssee und gerade dabei, die

Tür aufzuschließen. Kai, der neben Jannis an der Wand lehnt, begrüßt mich überschwänglich. Der auch noch, denke ich, diesen Lackaffen kann ich jetzt nicht gebrauchen.

»Ich habe mir schon Sorgen gemacht, dass du plötzlich krank geworden bist.«

»Warum sollte ich krank sein?«, frage ich zurück, heftiger als ich wollte.

»Aus Panik.«

Mit seinen Armen macht er ein aufgeregtes Huhn nach. Wütend setze ich mich auf meinen Platz. Malte sieht mich von der Seite an und nimmt sich ein Herz.

»Kümmere dich nicht um ihn«, flüstert er.

In der Fantasie ist das einfacher als in der Realität. Also räche ich mich. Auf eine Weise, wie nur ich es kann: Als Kai sich als Letzter von allen Schülern auf seinen Platz setzt, beuge ich mich unmerklich zu ihm vor und mache einen phänomenalen Furz nach – täuschend echt und für jeden im Raum zu hören. Das kriege ich hin, ohne die Lippen zu bewegen. Keiner bekommt es mit, nur Malte sieht mich verstohlen an und versucht, mich davon abzubringen, weiterzumachen. Doch weil ich mit unterdrücktem Gekicher belohnt werde, wiederhole ich das Ganze, während Kai auf seinem Stuhl herumrutscht. Mit bösem Blick dreht er sich zu mir um, wird aber von Benni und Knut aus der Reihe vor ihm abgelenkt, die losprusten müssen, woraufhin Kai beiden einen Stoß versetzt.

»Haltet die Schnauze! Das war ich nicht, sondern Eric, die Sau.«

Lauterbach fordert Kai daraufhin auf, sich im Unterricht zu benehmen. Kai ist so sauer, dass er sein Buch auf den Tisch knallt und für den Rest der Stunde schweigt. Angesichts dieser lustigen Wendung verblasst meine Wut. So habe ich Kai noch nie erlebt. Leider ist ausgerechnet heute Lara nicht da, sie hat eine Sondergenehmigung für ein Mode-Shooting in Hamburg bekommen. Sonst hätte sie ihren Lieblingskai mal von einer anderen Seite kennengelernt.

Leider wirkt meine kleine Rache nur kurz. Rechtzeitig zum Pausenklingeln ist Kai wieder der Alte. Er wirft sich seine Lederjacke über die Schulter und schlendert an uns vorbei durch die Tür.

»Das zahle ich dir heim. Mach schon mal dein Testament.«

Während ich in seinem Rücken den Stinkefinger zeige, beugt sich Malte zu mir rüber. »Das hättest du nicht tun sollen. Jetzt schießt er sich auf dich ein.«

»Ich musste.«

Malte zögert. »Glaubst du wirklich, Kai lässt dich in Ruhe, wenn du die Wette durchziehst?«

»Glaubst du, er hört damit auf, wenn ich klein beigebe?«

Malte guckt mich nur an. Keine Antwort ist auch eine Antwort.

»Ich auch nicht.«

»Warum ziehst du die Wette nicht einfach zurück?«, schlägt Melle vor, als ich eine Stunde nach ihr von der Schule nach Hause komme, meinen Rucksack abwerfe und mich auf den Rand des alten Ruderbootes unter der Kastanie setze. »Dann ist dein Problem aus der Welt.«

Ich starre Melle an. »Meinst du das im Ernst?«

»Ja, so wie ich es sage.«

So wie sie das sagt, könnte man glatt denken, es wäre die einfachste Sache der Welt. Ist es aber nicht. Es ist richtig kompliziert.

Auch wenn ich vor Malte und Paul einen auf cool mache: Meine Angst vorm Auftritt ist genauso groß wie die ihre. Sich zu blamieren, weil das Schicksal sich einen aussucht, das ist eine Sache. Aber es ist eine ganz andere, sich freiwillig lächerlich zu machen. Das Dumme ist nur, dass ich mich am allermeisten blamiere, wenn ich kneife. Dann hält man mich nicht nur für einen Idioten, sondern auch noch für einen feigen Schlappschwanz. Und das will ich auf keinen Fall. Dann war's das mit meinem Ruf an dieser Schule – für alle Zeiten.

»Das kann ich nicht«, sage ich nur.

Melle steigt zu mir ins Boot und setzt sich auf die gegenüberliegende Seite. »Wie lautet die Wette? Ganz genau«, will sie wissen.

Ich muss nicht lange überlegen.

»Tanzen. Mit Klobrille, Klobürste und in Unterhose.«

»Sonst nichts?«

»Ich finde, das reicht.«

Melle sieht aus, als würde sie nachdenken, dabei runzelt sie die Stirn. Hoffentlich knipst sie nicht gerade innere Fotos von mir, in Unterhose und mit 'ner Klobürste in der Hand. Solche Bilder verrotten genauso wenig wie Plastiktüten.

»Ich glaub, ich hab's«, sagt sie. »Du musst die Wette wortwörtlich nehmen.«

»Geht das auch genauer?«

»Du musst die Unterhose tragen. Ob man sie sieht, ist egal. Du könntest selbst in einem Karton auf die Bühne gehen, aus dem nur Arme und Beine herausgucken. Oder in einem Sack. Und trotzdem hättest du die Wette eingelöst.«

»Nicht schlecht«, gebe ich zu. »Aber irgendwie … link. Dann könnte ich gleich eine Jeans darüber tragen.«

Dass mir das Risiko zu groß ist, sage ich nicht. Ganzkörperverpackungen haben ihre Tücken, sie können herunterrutschen, zerbrechen oder sich auflösen, und dann steh ich am Ende doch in Unterhose da, im vollen Rampenlicht. Alles drin bei mir.

»Gurke!«, widerspricht Melle. »Die Wette ist link! Willst du Kai den Triumph überlassen?«

»Blöde Frage. Natürlich nicht. Aber ich muss eine *coole* Nummer daraus machen. Ein Karton ist uncool.«

»Dann was anderes. Schwarz ist cool.«

Ich schiele auf Melles schwarzneongelbe Kombi. »Ja, vor allem pur.«

Melle kreuzt die Arme vor der Brust und fixiert mich mit schmalen Augen. Hat sie meinen Blick bemerkt?

»Hast du keine Angst, alleine aufzutreten?«, fragt sie.

»Doch«, gebe ich zu. Die Vorstellung, dass sich beim Auftritt hundert Prozent aller Blicke alleine auf mich heften, ist nicht gerade aufbauend. Zusammen mit Malte und Paul wären es nur ein Drittel der Blicke pro Person. Rein rechnerisch.

»Und zu zweit?«

»Moment. Willst du damit sagen, du würdest …«

»Ja. Würde ich.«

Ich bin platt. Ich weiß, dass meine Cousine verrückt ist. Aber für so verrückt, hätte ich sie nicht gehalten.

»Warum?«

»Weil ich mich als Neue an eurer Schule gern vor allen lächerlich mache, und die Jubiläumsfeier die allerbeste Gelegenheit dazu ist. Weil deine Freunde Schiss haben. Und weil ich dich irgendwie mag, obwohl du mein blödester Cousin bist. Reicht das?«

»Ich bin dein *einziger* Cousin. Großcousin«, verbessere ich und schnippe einen Kieselstein gegen den Stamm der Kastanie, um nicht am Ende noch vor Rührung in Tränen auszubrechen.

»Man kann sich seine Verwandten nicht aussuchen«, sagt Melle. Sie grinst dabei. »Also was ist?«

»Als einziger Großcousin kann ich meiner einzigen Großcousine schlecht einen Wunsch abschlagen.«

»Dann schwing keine Reden, sondern schlag ein.«

Melle hatte schon immer einen harten Schlag, aber diesmal kippe ich fast vom Bootsrand, als ich sie abklatsche. Ich staune. Macht das ihr Kampfdress?

Ich staune noch mehr, als sich hinter Melle eine Fata Morgana auftut: Malte und Paul kommen den Weg entlanggelaufen, die Arme voll mit Süßigkeiten und Knabbereien. Eine Tüte Mini-Würstchen ist auch dabei.

»Ist es schon so schlimm, dass du im Rettungsboot sitzt?«, zieht mich Paul auf.

Statt einer Antwort zeige ich auf die Fressalien.

»Was soll das? Schlechtes Gewissen oder Bestechung?«

»Und wenn schon«, antwortet Paul, während er seine Arme wie ein Bagger über dem Boot öffnet und die Tüten hineinregnen lässt.

»Habt ihr es euch anders überlegt?«

Paul schüttelt den Kopf. »Keine Chance. Aber wir können dich nicht allein ins Unglück laufen lassen.«

Ich verschränke meine Arme und lehne mich zurück. »Wie geht *das* denn zusammen? Da bin ich gespannt.«

»Wir können dir auch anders helfen. Wir machen alles vor und hinter der Bühne, nur nicht obendrauf«, klärt Malte mich auf.

»Es sei denn, wir müssen als Sanitäter ran, um dich abzutransportieren«, witzelt Paul.

Ich kann mir ein Lachen nicht verkneifen. Es tut gut, Malte und Paul wieder dabeizuhaben, aber große Worte gibt's dafür nicht als Belohnung, das würde sie nur irritieren. Händeabklatschen muss reichen.

»Melle ist auch dabei. Sie ist nicht so ein Schlappschwanz wie ihr.«

»Ihr werdet das beste Brautpaar aller Zeiten abgeben«, sagt Paul, während er vor meinem Schlag in Deckung geht.

»Mach mal Platz«, sagt Malte. Ich rücke ein Stück und lasse meine Freunde ins Boot einsteigen. Im wahrsten Sinne des Wortes. Paul macht sich als Erstes über die Würstchen her, die er mitgebracht hat.

»Wie weit seid ihr?«, will er wissen.

Ich erzähle in zwei Sätzen von Melles Idee.

»'ne coole Verkleidung mit Unterhose, wie soll das gehen?«, fragt Paul. »Bist du Ronaldo?«

»Viel besser«, meldet sich Malte. »Du gehst als Superman. Oder als Batman. Und Melle als Spidergirl.«

»Und was sollen wir auf der Bühne machen? Rumfliegen und die Welt retten?«

»Hast recht. Horror ist cool. Vielleicht 'ne Halloweenfigur.«

»Ein Zombie.«

»Zu eklig.«

»Ein Skelett«, schlägt Melle vor. »Weiße Knochen auf schwarzem Grund. Kannst du sogar als fertiges Kostüm kaufen.«

»Da kommt deine Unterhose sogar noch schmuck rüber«, grinst Malte mich an.

Ich höre Maltes Witz wie aus der Entfernung, denn ich bin gerade woanders. Beim Stichwort Skelett hat es bei mir gezündet, vor meinem inneren Auge läuft ein Film ab: weiße Skelette in der Nacht, mitten auf dem nebligen Friedhof. Unheimliche Geräusche, die ich dazu machen kann, von quietschenden Gattern bis Donnergrollen. Und *alles* in SCHWARZLICHT.

»Huhu, Eric, auf was für einem Trip bist du gerade?«, holt mich Melle aus meinem Kopfkino.

Ich muss die ganze Zeit dämlich vor mich hingegrinst haben.

Mit einem Satz springe ich aus dem Boot. Begeistert erzähle ich von meiner Idee.

»Schwarzlicht? Noch nie gehört«, sagt Melle.

»Im Schwarzlicht leuchten fluoreszierende Farben besonders hell, alles Schwarze wird verschluckt. Auf 'ner dunklen Bühne muss das toll aussehen!«

»Das heißt, man sieht auf der dunklen Bühne nur noch die Skelette herumtanzen?«

»Du hast es erfasst.«

»Zwei Skelette in Unterhosen, das wird der Renner!«, brüllt Paul.

»Und ihr bringt uns die Sachen auf die Bühne«, rufe ich begeistert meinen Freunden zu. »Komplett schwarz, selbst die Handschuhe und das Gesicht. Dann schweben die Klobrillen und Klobürsten durch die Luft zu uns. Die müssen natürlich weiß sein.«

Diese Idee gefällt sogar Malte und Paul, weil sie dann erstens ohne Unterhosen auskommen und zweitens keiner sie auf der Bühne sieht. Sie lassen sich überreden, ein paar Kunststücke mit den Klobrillen vorzuführen. Voller Vorfreude schubsen sie sich von ihren Sitzen.

Meine Mutter, die mit einer Tüte Brötchen vom Bäcker zurückkommt, bleibt bei uns stehen.

»Wenn ich gewusst hätte, dass ihr alle hier seid, hätte ich mehr Brötchen gekauft.«

»Kein Thema. Wir sind versorgt.«

Meine Mutter guckt kritisch ins Bootsinnere. »Ich sehe es. Ist ja alles furchtbar nahrhaft.«

»Mm-mh«, bestätigt Paul kauend.

Da meine Mutter schon mal hier ist, komme ich auf die wichtigen Dinge zu sprechen: »Für Freitag brauchen wir zwei Toilettenbrillen und zwei Klobürsten. Weiß müssen sie sein. Wir haben nicht zufällig welche über, oder?«

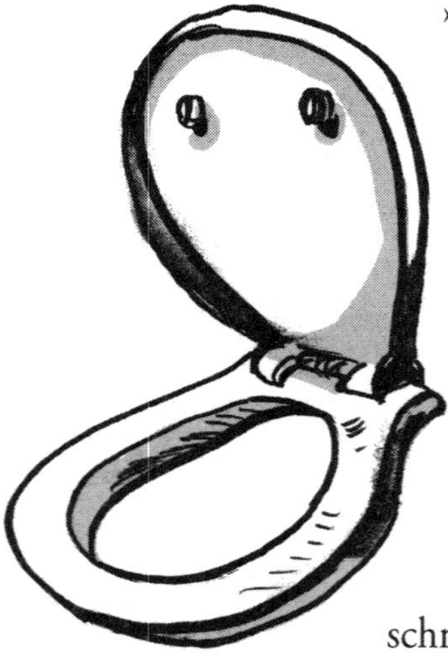

»Weiß müssen sie sein. Aha«, sagt meine Mutter.

Sie hat diesen Blick, der mir zeigt, sie ist »not amused«, also nicht amüsiert, was bedeutet, dass gleich ein moralischer Vortrag droht. »Sollen wir Eltern jetzt auch noch das Inventar für die Schultoiletten bezahlen? Demnächst dürfen wir dann wohl eure Toiletten schrubben und …«

Bevor meine Mutter heiß läuft, stell ich schnell klar, dass wir alles für unsere Aufführung brauchen. Und wenn meine Mutter eines ist, dann keine Spielverderberin. Ich muss sie nicht lange überreden, uns zu unterstützen. Sie verspricht mir, aus dem Baumarkt welche zu besorgen, wenn wir ihr erzählen, was wir vorhaben, und sie ist danach so begeistert, dass ich sie nur mit Mühe davon abhalten kann, sich selbst in ein Skelettkostüm zu werfen. Trotzdem erlaubt sie mir, ihre Loop-Station zu nutzen, das heißt, ich kann verschiedene Geräusche getrennt aufnehmen und hinterher mixen. Das gibt einen schönen Sound. Und Malte hat zuletzt noch die tolle Idee, dass wir Filmmusik von »Dracula« abspielen.

Als meine Mutter im Haus verschwunden ist, verteilen wir die Aufgaben und legen fest, wer was wann macht. Dass Melle die Choreografie übernimmt, ist sofort klar. Keiner von uns hat Lust, sich Tanzschritte auszudenken. Da Maltes Mutter eine Boutique besitzt, wird Malte dazu verdonnert, alle Kostüme zu organisieren. Dafür krallt er sich zusätzlich die Technik. Paul soll eigentlich nur das Bühnenbild übernehmen, aber er besteht darauf, auch die Effekte zu machen und nicht ich, weil er nicht will, dass uns alles um die Ohren fliegt.

Für mich ist das in Ordnung, ich kümmere mich um den Sound, schon alleine deshalb, weil nur ich weiß, welche Geräusche ich hinbekomme und welche nicht. Walgesänge schon mal nicht, die hören sich bei mir wie Nebelhörner an, was aber egal ist, weil Wale auf Friedhöfen sowieso nichts zu suchen haben. Ein Nebelhorn passt dagegen perfekt zum Nebel, den wir auf die Bühne zaubern wollen.

Weil die Feier schon am Freitag ist und uns die Zeit davonläuft, beginnen wir sofort mit den Proben. Und damit die Nachbarn uns nicht zuschauen, verlagern wir sie in die Garage. Das ist auch gut so, denn es ist schon schwer genug, dass Melle uns sieht. Ohne die Kostüme, im vollen Licht, sind wir keine Bühnenfiguren, sondern bloß die Schüler Eric, Malte und Paul und fühlen uns ganz schön bescheuert. Ans Garagentor haben wir deswegen mein Totenkopfschild geklebt. Nicht, dass Mama oder Papa auch noch reinplatzen.

Ich glaube, Melle hätte gerne eine Peitsche wie die Löwenbändiger im Zirkus, so nimmt sie uns ran. Aber Melle ist Melle, sie kriegt das auch ohne Peitsche hin. Am Ende schnurren wir wie die Kätzchen, um sie bei Laune zu halten. Denn ganz im Geheimen: Melle ist besser, als ich es ihr zugetraut hätte, sie schießt eine Idee nach der anderen heraus, dass einem die Ohren flach anliegen. Man muss nur höllisch aufpassen, dass sie keine Hüftschwünge ins Programm einbaut.

Am Abend haben wir den groben Ablauf unserer Show fertig. Kurz bevor wir müde und hungrig mit der Probe Schluss machen, bringe ich das Kunststück zustande, mir mit einer Schöpfkelle, die Malte mir als Klobürstenersatz zuwirft, gegen die Stirn zu hauen.

»Schon wieder der Dachbalken?«, fragt meine Mutter besorgt, als wir in die Küche kommen, um uns auf die Sandwiches zu stürzen, die sie vorbereitet hat.

»Kalt«, antworte ich. »Wir waren nicht in der Dachkammer, sondern in der Garage.«

»Das Garagentor?«

»Auch kalt.«

»Habt ihr euch gekloppt?«

»Permafrost«, winke ich ab. »'ne Schöpfkelle war's.«

»Eine Schöpfkelle«, wiederholt meine Mutter erstaunt. »Ich dachte schon, wir müssen deinetwegen auch noch die Garage abpolstern.«

Keine Ahnung, ob das Spaß oder Ernst war. Ist mir auch egal. Statt zwei Klobrillen hat meine Mutter gleich fünf mitgebracht, aus Plastik, damit sie nicht so schwer sind. Nicht nur, weil sie im Paket billiger waren, sondern, weil sie auf dem Weg zum Baumarkt eine Idee hatte, die richtig gut ist: Wenn wir zwei der Klobrillen schwarz anmalen und einen schwarzen Stoffvorhang daran befestigen, der so lang ist wie wir, können Melle und ich uns am Anfang der Show darin verbergen, indem wir die Klobrille über uns halten. Danach lassen wir sie sinken und steigen aus den Brillen heraus. Skelette, die aus Klogräbern steigen. Was für ein Effekt!

Im Moment fühlt sich alles so gut an, dass selbst Malte und Paul sich auf die Vorführung freuen. Melle sowieso. Ich hab keine Ahnung, ob das ein gutes Zeichen ist oder ein schlechtes.

Nachdem meine Eltern versprochen haben, uns am Tag der Aufführung bei der Maske zu helfen, gehen meine Freunde nach Hause. Schon morgen wollen wir uns wieder treffen, um weiter zu üben. Als ich die Treppe hochsteige, um nach dem anstrengenden Tag endlich zu verschnaufen, klingelt es an der Tür.

»Keine Zeit!«, rufe ich nach unten, damit meine Eltern nicht noch auf die Idee kommen, mich zur Tür zu schicken. Doch kaum werfe ich mich erschöpft aufs Bett, kommt mein Vater herein.

»Für dich, Eric. Es ist Herr Vogel«, sagt er mit verwundertem Unterton.

Erschrocken setze ich mich auf. »Vogel? Was will der denn hier?«

»Keine Ahnung. Das will er dir selbst sagen.«

Dass mein Lehrer hier ohne Vorwarnung auftaucht, *kann* nichts Gutes bedeuten. Die Bösen holt der Henker zu Hause ab, habe ich mal gelesen. Ich weiß nicht wo, aber es scheint zu stimmen.

Mit klopfendem Herzen steige ich aus dem Bett und folge meinem Vater nach unten.

»Wollen Sie sich nicht doch für ein paar Minuten setzen?«, höre ich Mama meinen Lehrer fragen.

»Nein danke, ich will gleich weiter. Napoleon braucht ein bisschen Bewegung. Sonst wird er zu dick«, antwortet mein Lehrer.

Napoleon kläfft schon los, bevor er mich sieht.

»Hörst du auf!«, schimpft Vogel seinen Hund an. »Er ist so ungnädig, weil er auf Diät ist«, entschuldigt er sich bei meinen Eltern.

Meine Schritte werden langsamer, je näher ich komme. Meine Mutter sieht mich fragend an, sie bleibt genauso wie mein Vater bei uns stehen.

»Hallo, Eric«, begrüßt mich mein Lehrer. Er sieht bleich aus und hat Ringe unter den Augen, als ob er die Nacht durchgemacht hätte. »Ich störe nicht lange, ich möchte dir nur noch einmal persönlich sagen, wie leid mir der ganze Ärger für dich tut. Dass du versetzt wirst, hat dir schon Herr Waldau ausgerichtet. Morgen werde ich deine Arbeit zu Ende korrigieren. Ganz ehrlich: Ich habe dir das nicht zugetraut. Dafür möchte ich mich ganz besonders entschuldigen.«

Herr Vogel sieht mich abwartend an. Ich nicke nur dankbar, für mehr reicht es nicht. Mein schlechtes

Gewissen nagt an mir, genauso wie die entgeisterten Blicke meiner Eltern, die ich von der Seite spüre. Napoleon füllt mit seinem Hecheln die Stille, die plötzlich eingetreten ist.

»Sind Sie wieder gesund?«, ist das Einzige, was mir einfällt.

»Übermorgen gebe ich wieder Unterricht«, weicht Herr Vogel aus. »Dann bekommst du auch deine Arbeit wieder.«

Er nickt, obwohl es überhaupt nichts zu nicken gibt. Wie sein Wackelhund auf seinem Schreibtisch. Und dann holt mein Lehrer ein Taschentuch aus der Hosentasche und tupft sich den Schweiß von der Stirn ab, obwohl es inzwischen so kühl geworden ist, dass man eine Jacke brauchen könnte.

»Dann wollen wir mal wieder ein bisschen die Beine schwingen, nicht wahr, Napoleon?«, spricht Vogel seinen Mops an. Der sieht nicht so aus, als würde er Lust auf Bewegung haben, aber Vogel macht die Tür auf und zieht ihn mit sich.

»Auf Wiedersehen«, sagt er. Meine Eltern wollen sich verabschieden, da stockt er plötzlich und kommt kopfschüttelnd zurück. Er hält seinen Zeigefinger in die Luft – als Zeichen, dass ihm gerade etwas eingefallen ist. Mit der anderen Hand wühlt er in seiner Hosentasche. Dann zieht er ein Feuerzeug heraus, das so wie das aussieht, das er mir weggenommen hat. Zu meinem Schrecken hält er es meinem Vater hin.

»Ihr Feuerzeug. Sie haben es sicher schon vermisst.«

Mein Vater sieht mich an. Scheiße, denke ich, jetzt kommt alles raus. Doch mein Vater nimmt das Feuerzeug an sich, als wäre es die selbstverständlichste Sache der Welt.

»Danke«, sagt er nur.

»Dann einen schönen Abend noch«, verabschiedet sich Vogel.

»Ihnen auch!«, antworten meine Eltern im Chor, wie einstudiert.

Napoleon knurrt mich zum Abschied noch einmal an, dann trottet er seinem Herrchen unwillig hinterher.

Mein Vater schließt die Tür. Er sieht sich das Feuerzeug in der offenen Hand an und wiegt es wie ein Gewicht.

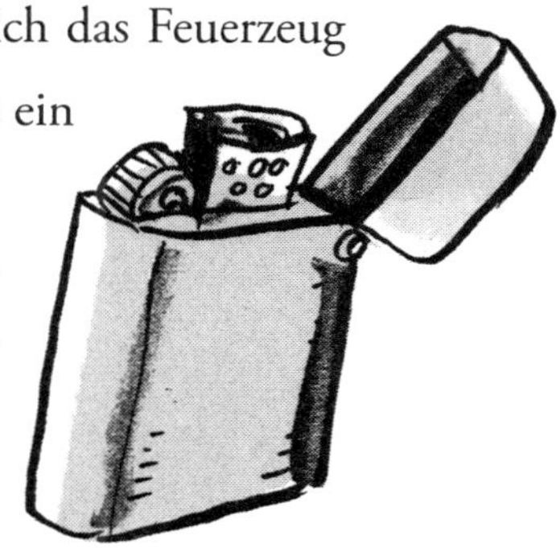

»Was hat das alles zu bedeuten, Eric? Kann es sein, dass du akuten Redebedarf hast?«, fängt er an.

Redebedarf ist für Papa ein Synonym für Beichte ablegen. Auspacken. Die Wahrheit erzählen. Die Wahrheit ist sein erstes Gebot. In Kombination mit dem Wort akut wird es ernst.

Mama nickt deutlich, sie ist auf Papas Seite. Da helfen keine Ausflüchte. Zumindest keine, die widerlegbar sind. Von dem Feuerzeug und dem ganzen Tricksen erzähle ich lieber nichts. Oder doch?

»Was würdet ihr sagen, wenn ich mit einem Feuerzeug die Zeit so häufig zurückgedreht habe, bis die Lösungen meiner Franzearbeit stimmten?«

Papa und Mama gucken sich an.

»Dass ich auch gern so ein Feuerzeug hätte«, sagt Papa. »Hast du noch eine wahre Version?«

Zum Beweis schnippt er am Zündrad des Feuerzeugs. Eine Flamme schießt hervor.

Wahre Version. War ja klar.

»Melle hat mir beim Lernen geholfen, und Vogel hat ihren Zettel mit den Aufgaben gefunden. Zuerst hat er gedacht, ich wollte abschreiben. Wir mussten deswegen zu Waldau. Hat sich jetzt ja alles aufgeklärt. Vogel war ein bisschen durcheinander.«

»Und wann hättest du uns von allem erzählt? Im nächsten Jahr?«

»Äh … ich weiß nicht. Ich habe es vergessen.«

»Vergessen?«, wundert sich meine Mutter. »Du wirst versetzt! Die letzten Wochen hast du von nichts anderem geredet. Das ist doch ein Grund zur Freude!«

»Ich freu mich ja.«

»Man merkt's. Und das Feuerzeug?«, bohrt Papa weiter.

»Das habe ich gefunden«, antworte ich ziemlich wahrheitsgemäß. »Vogel hat es mir weggenommen.«

»Und was habe ich damit zu tun?«

»Ich hab ihm erzählt, dass es deins ist. Damit ich es wiederbekomme.«

Papa atmet tief ein und nickt dann besänftigt. »Das nächste Mal, wenn du ein Feuerzeug findest, dann stehst du dazu«, gibt er mir auf den Weg.

»Nicht nur, wenn du ein Feuerzeug findest, Eric«, fügt meine Mutter hinzu. »Man soll *immer* zu sich stehen. Alles andere ist ungesund. Das kannst du auch deinem Freund Knut sagen.«

»Knut ist nicht mein Freund«, sage ich.

»Du kannst es ihm trotzdem sagen.«

Papa versteht nur noch Bahnhof. »Was hat Knut mit dem Feuerzeug zu tun?«

»Lass mal«, winkt Mama ab. »Das verstehst du nicht.«

»Deswegen frage ich ja.«

»Er hat Probleme mit seinem Körper«, setzt Mama an.

»Stimmt überhaupt nicht!«, protestiere ich.

»Das ist doch nichts Schlimmes, Eric.«

Papa blickt irritiert von mir zu Mama und zurück. »Jetzt verstehe ich gar nichts mehr.«

»Sag ich doch«, antwortet Mama.

Da meine Eltern jetzt sowieso eine Weile damit beschäftigt sein werden, den Verständnisknoten zu entwirren, den Mama Papa vor die Füße geworfen hat, verzieh ich mich unbemerkt nach oben in mein Zimmer und lege mich aufs Bett. Wenn ich so darüber nachdenke, läuft mein Leben im Moment trotz aller Katastrophen besser, als ich gehofft hätte. Ich habe nicht mal das Bedürfnis, meine Chaoshitliste zu vervollständigen, obwohl die eine oder andere Sache gut draufgepasst hätte.

Instinktiv hole ich das Feuerzeug aus der Hosentasche, das in so kurzer Zeit so vieles in meinem Leben geändert hat. Kann es sein, dass es kühler ist als am Morgen? Oder liegt es nur daran, dass die kühle Abendluft durchs Fenster hereinweht?

Obwohl es draußen noch hell ist, glaube ich den einen oder anderen Stern erahnen zu können. Mein Teleskop steht in der Ecke, ich bräuchte es nur heranzuziehen. Schon seit Tagen habe ich es nicht mehr angerührt. Dabei gehe ich normalerweise nicht ins Bett, ohne den Himmel wenigstens einmal abgesucht zu haben. Aber heute kann ich nicht mehr. Müde stecke ich das Feuerzeug wieder weg und schließe für einen Moment die Augen. In derselben Sekunde bin ich eingeschlafen.

In der Nacht träume ich von Haien, die mich verfolgen. Das ganze Meer ist voll davon und alle haben das Gesicht von Kai. Sie reißen ihre Mäuler auf und schnappen mit ihren Zähnen nach mir. Doch plötzlich lassen sie ab und lösen sich in Luft auf. Stattdessen zieht ein riesiger schwarzer Rochen seine Kreise, der mit seinen Flügelschlägen das Wasser so leicht durchpflügt, als wäre er ein wunderschöner, schwimmender Urzeitvogel. Umso näher er kommt, umso kleiner wird er, und auf einmal sehe ich, dass es kein Rochen ist, sondern Kais schwarze Lederjacke, die auf mich zuschwimmt. Als ich sie packen will, greife ich durch sie hindurch. Dabei merke ich, dass sich das Meer verwandelt hat und ich plötzlich auf einer Insel bin, um mich herum ein endloser Strand. Ich sitze im Walgerippe und greife durch die verwitterten Knochen hindurch, die mich wie ein Gefängnisgitter einsperren. Ich weiß nicht, wonach ich suche, denn draußen sitzt nur der kleine Napoleon im Sand. Plötzlich macht er einen Satz und verschlingt mich und das ganze Gerippe mit einem Happs.

Dass ich im Schlaf geschrien haben muss, merke ich erst, als Melle mich aus meinem Traum wachrüttelt. Sie kniet vor meiner Matratze und wartet, bis ich wieder in meinem Bett angekommen bin. Ihre roten Haare hängen wie ein zerknüllter Vorhang links und rechts an ihrer Wange herunter.

»Geht's wieder?«, fragt sie.

Ich nicke. »Alles im Griff. Kein Problem.«

Peinlich genug, dass Melle mich vor meinem Albtraum beschützt – wie ein kleines Kind.

»Das hat sich eben aber anders angehört.«

»Hab ich dich geweckt?«

»Nö«, sagt Melle grinsend. »Ich sitze hier jede Nacht stundenlang neben dir. Du kriegst es sonst nur nie mit.«

»War 'ne blöde Frage, schon klar.«

Melle zeigt auf mich. »Gehst du immer *so* ins Bett?«

Verwirrt sehe ich an mir runter. Erst jetzt fällt mir auf, dass ich immer noch in meinen normalen Klamotten stecke. Doch Melle erwartet keine Antwort, sie lässt sich auf ihre Fersen zurückgleiten, sodass sich das Mondlicht, das durch die Dachluke scheint, genau in ihrem Gesicht fängt. Ihre Sommersprossen sehen aus wie abertausende kleine Sterne. Als würde die Milchstraße quer über ihr Gesicht verlaufen. Komisch, dass mir das vorher noch nie aufgefallen ist. Sonst waren es für mich einfach nur unglaublich viele Flecken.

»Ich träume immer dann schlecht, wenn ich kein Tagebuch geschrieben habe«, sagt Melle.

»Du schreibst Tagebuch?«, wiederhole ich verwundert.

»Warum nicht? Dem kann ich *alles* erzählen. Und ich sag dir: Es ist nie eingeschnappt. Oder sauer.«

Ertappt stütze ich mich auf meine Ellbogen. War das ein Seitenhieb auf mich? Weiß sie, dass ich ihre Art zum An-die-Decke-gehen finde? Wenn, dann lässt Melle es sich jedenfalls nicht anmerken.

»Ich gehe wieder in mein Bett. Sonst habe ich morgen nicht die Kraft, euch drei herumzuscheuchen«, sagt sie grinsend.

Während sie aufsteht, beobachte ich sie unbemerkt. Im Dunkeln kommt sie richtig gut weg, weil die schrillen Farben ihres Nachthemdes nicht von ihrem Gesicht ablenken. Ich bin erstaunt, wie viel das ausmacht.

»Danke!«, sage ich, als Melle zur Tür geht.

»Für was?«

»Für alles«, antworte ich, und in diesem Moment meine ich es sogar.

Für eine Sekunde dreht sich Melle zu mir um. Statt eines Grinsens zeigt sie mir ein Lächeln, bevor sie durch die Tür geht.

Ich lass mich von den Ellbogen zurück ins Bett fallen und schaue durch das Dachfenster nach draußen in den glitzernden Sternenhimmel. Da oben sehe ich die Milchstraße. Aber ich weiß jetzt, es gibt sie auch hier unten.

Die nächsten Tage vergehen wie im Flug. In der Schule kann ich es kaum abwarten, bis ich wieder zu Hause bin und mit den anderen üben kann. Frau Zehntausend hat den Aushang entfernt, auf dem inzwischen auch Melles »VOLLIDIOT!« durchgestrichen war, und eine neue Übersicht ausgedruckt, die am Ende des Schultages wieder voller Kommentare und Emoticons ist. Diesmal nicht nur über uns. Irgendjemand hat sich den Spaß gemacht, eine fiktive Lehrerliste danebenzupinnen. Herr Lauterbach wird als Zauberer angekündigt, der Schlüssel verschwinden lassen kann, und Frau Lummer als Miss Powerriegel, die zwischen ihrem Busen Nüsse knackt.

Kai gehe ich aus dem Weg, weil ich mich nicht provozieren lassen will. Das war Maltes Idee. Ich habe gedacht, es würde mir schwerer fallen, schon allein deshalb, weil ich dann automatisch auch Lara meiden muss, aber es gelingt mir gut.

Bis auf das eine Mal in der Mensa, als Kai mich im Vorbeigehen anrempelt und mein Orangensaft über Laras Bluse kippt. Das ist, ganz klar, kein Schicksal, sondern Absicht.

»Pass doch auf, du Idiot!«, ruft Lara und zischt wütend ab, um ihre Bluse zu retten. Kai grinst wieder mal nur und lässt mich die Sauerei auf dem Boden alleine wegmachen. Als ich meine inzwischen kalten Nudeln essen will, ist die Mittagspause schon zu Ende.

»War das vorhin ein Geheimcode zwischen dir und Kai?«, will Knut von mir wissen, als ich mein Tablett wegbringe.

»Nur 'n Unfall«, antworte ich kurz. Mit leerem Magen ist meine Lust, mir Spionagegeschichten auszudenken, auf dem Gefrierpunkt.

»Glaub ich dir nicht. Kai hat dich absichtlich angerempelt, ich hab's gesehen.«

Ich bleibe stehen. Knut muss uns beobachtet haben.

»Also gut«, seufze ich. »Kai ist sauer, weil Mühlrath mich ins Ausbildungsprogramm aufgenommen hat und nicht ihn.«

»Das ist ja der Hammer!«, entfährt es Knut.

»Das bleibt aber unter uns!«

Knut zieht mit Zeigefinger und Daumen eine Linie über die Lippen, soll heißen: *Meine Lippen sind versiegelt.* Als ich weitergehen will, versperrt er mir den Weg.

»Hast du noch 'nen Auftrag für mich?«

Verblüfft gucke ich ihn an. Hat Knut nicht vom letzten Mal genug? Den ganzen Nachmittag mit Melles Klamotten über die Insel zu laufen, stelle ich mir nicht sehr spaßig vor. Von der Umkleideaktion in unserem Bad ganz zu schweigen. Knuts hoffnungsvoller Blick behauptet das Gegenteil.

Ich schüttele den Kopf und will weiter. Knut hält mich zurück.

»Bitte! Ich mach alles! Endlich kann ich was Sinnvolles tun.«

Ich überlege: was Sinnvolles? Okay, das kann er haben.

»Also gut, Knut. Am Freitag bei der Feier brauche ich dich. Keine leichte Aufgabe, was für Helden. Willst du das wirklich?«

Knut nickt ehrfurchtsvoll.

»Dann hör zu: In der Aula wird ein Agent sitzen. Vielleicht versucht Kai, mit ihm Kontakt aufzunehmen, um meinen Auftritt zu torpedieren. Dann musst du mir Rückendeckung geben. Mühlrath kann nicht, der hat anderes zu tun.«

»Ich soll *Kai* daran hindern, dich zu stören?«

Ich nicke. Knut hält sich erschrocken die Hände vors Gesicht. Das war's mit der Rückendeckung, denk ich. Aber Knut nimmt die Hände wieder vom Gesicht.

»Traust du mir das wirklich zu?«

»Wenn es einer kann, dann du. So viel weiß ich inzwischen.«

Erst läuft Knut rot an. Dann streckt er sich. Mindestens zwei Zentimeter holt er aus sich raus, keine Ahnung, wo er die auf einmal hernimmt.

»Du kannst dich auf mich verlassen!«, flüstert er, bevor er im Gewühl verschwindet.

Als ich in den Klassenraum komme, sitzt Lara mit griesgrämigem Gesicht an ihrem Platz. Der Fleck auf ihrer Bluse ist nicht zu übersehen, jetzt ist auch noch die halbe Bluse nass vom Wasser, mit dem Lara ihn bearbeitet hat. Sie zuppelt pausenlos daran herum, damit der Stoff nicht an ihrer Haut klebt. Obwohl ich ausnahmsweise nichts dafür kann, fühle ich mich schuldig. Hätte ich Kai nicht provoziert, hätte er mich nicht angerempelt.

Malte lenkt meine Gedanken um, er zeigt auf die Tür, durch die Vogel hereinkommt. Vogel stellt seine Tasche ab, holt meine Arbeit heraus und legt sie mir auf den Tisch.

»Warum nicht immer so, Eric?«

Ich blättere auf die letzte Seite, wo die Note steht. Paul, der vor Neugier fast platzt, beugt sich quer über seinen Tisch, um an Malte vorbei einen Blick darauf zu erhaschen.

»Boah, ey! Eine glatte Eins!«, ruft er, dabei schickt er mir mit Malte zusammen einen verschwörerischen Blick zu.

Da das bei mir so selten ist wie ein Yeti auf Osterurlaub, kommt Leben in die Bude. Von allen Seiten hagelt es witzige bis blöde Kommentare, weil ich jetzt der 9a erhalten bleibe. Ein paar freundliche Rippenstöße sind auch dabei. Nur Kai und Lara halten sich raus, als ginge sie das Ganze nichts an. Vogel hat Mühe, alle wieder zur Ruhe zu bekommen und seine Lieblingssprache unter die Leute zu bringen.

Den Rest der Stunde schwebe ich wie auf einer Wolke.

Hoffentlich hat niemand mein seliges Lächeln bemerkt. Denn obwohl ich schon seit Tagen weiß, dass alles gut gegangen ist, hätte ich nie mit einer Eins gerechnet. Meine Eltern übrigens auch nicht, sie fallen beinahe vom Stuhl, als sie zu Hause davon erfahren.

Am Nachmittag sind wir alle wieder in der Garage versammelt und feilen an unserem Stück. Mein Vater holt seine Nebelmaschine aus dem Keller und wirft sie an. Vielleicht hat sie zu viel feuchte Kellerluft geatmet oder mein Vater hat das Fluid zu hoch mit Alkohol dosiert. Denn statt ein paar Nebelschwaden produziert der kleine Kasten eine dichte Nebelwand und lässt sich nicht mehr abstellen. Die Musikanlage, die wir aufgedreht haben, genauso wenig, weil wir vor lauter Nebel den Aus-Schalter nicht mehr finden. Auf jeden Fall qualmt und nebelt es aus allen Ecken und Ritzen der Garage. Und als wir ein paar Minuten später hustend das Garagentor öffnen, steht die Feuerwehr schon mit dem Schlauch in der Hand vor unserem Haus und will das Feuer löschen, das die Nachbarn gemeldet haben. Ich bin natürlich der Einzige, der den Wasserstrahl abbekommt, obwohl Papa wie ein Fluglotse mit den Armen wedelt, damit die Pumpe abgestellt wird. Als es endlich passiert, bin ich von oben bis unten nass.

Der Koloss von Feuerwehrmann, der mich vom Fahnenmast gerettet hat, ist mit dabei, wie sollte es auch anders sein.

»Du schon wieder«, sagt er, als er mich sieht. Gott sei Dank ist mein Vater so aufgeregt, dass er nicht nachfragt, was der Mann damit meint. Und Gott sei Dank klärt er den Feuerwehrmann auch gleich auf, dass *er* Schuld an dem ganzen Nebel hat und nicht ich.

»Scheint in der Familie zu liegen«, erwidert der Feuerwehrmann grinsend.

Papa denkt natürlich, Mama ist damit gemeint, denn wenn es so etwas wie Gene gibt, die für Missgeschicke verantwortlich sind, dann können es nur die meiner Mutter sein. Deswegen lässt er den Satz kommentarlos stehen und zeigt dem Mann die Nebelmaschine. Der braucht nur einen Blick darauf zu werfen und schon funktioniert sie. Fernheilung nennt man das wohl.

Nachdem die Feuerwehr wieder abgezogen ist, können wir endlich weitermachen – ohne meinen Vater, der hat noch zu arbeiten. Selbst Paul hat inzwischen Blut geleckt und Lust auf die Show, zumindest mehr als Angst davor. Er hat eine tolle Idee, nämlich eine Klappleiter auf der Bühne aufzustellen, die wir schwarz anmalen. Und obendrauf liegt ein neongelber Ball, der den Mond darstellt. Wenn ich als Skelett im schwarzen Kostüm hochklettere und den Ball herunternehme, sieht es aus, als ob ich den Mond vom Himmel pflücke. Die Show hat im Moment echt die Chance, etwas ganz Großes zu werden. Und das Schönste ist: Die Stellen, an denen ich dazu beatboxe, gefallen allen am besten.

Wir üben bis zum Umfallen. So machen wir das an jedem der restlichen Tage, und jeden Tag kommt eine neue tolle Idee hinzu. Zum Beispiel die mit dem schwarzen Seil, an dem ein weißer Eimer hängt. Paul kann dann aus dem Himmel eine Botschaft runterlassen, die die Skelette vorlesen: ein kleiner böser Rap, den wir singen, während wir unseren Friedhofstanz aufführen. Und ich weiß auch schon, um wen es in dem Rap gehen wird: um Kai.

Am Tag vor der Aufführung machen wir die Generalprobe mit Kostüm, Maske und allem Drum und Dran. Wir sind ziemlich nervös. Dass ich mir bis jetzt kein Bein gebrochen habe, rechne ich zu den guten Zeichen. Obwohl das rein statistisch bedeutet, dass ich bald mal wieder fällig wäre.

Als Zuschauer haben wir meine Eltern in die Garage eingeladen, damit sie uns sagen können, woran wir noch schrauben müssen. Mama muss mir versprechen, keinen Lachanfall zu kriegen, egal was passiert. Die beiden setzen sich auf zwei Hocker, die wir aus dem Haus geschleppt haben.

Wir müssen ein bisschen improvisieren, denn unsere Garage hat nicht die Vorrichtungen, die unsere Aulabühne bietet. Für den Eimer-Seilzug bohren wir die Decke an und bringen eine Öse an. Aber Hauptsache, wir können den Raum verdunkeln und das Schwarzlicht ausprobieren, das mein Vater organisiert hat. Das Schwierigste ist es, sich im Dunkeln zurechtzufinden. Wir müssen höllisch aufpassen, dass alle Griffe sitzen.

Melle und ich stehen von Anfang an auf der Bühne und halten die schwarz verhüllten Klogräber über uns, während der durch Paul in Gang gesetzte Nebel uns umwabert und Malte die Sounds abspielt, die ich mit Mamas Hilfe vorher zusammengemixt habe. Eine superschaurige Friedhofsatmosphäre, alles handgemacht: Wind, der durch die Blätter pfeift, raschelndes Laub, ein Käuzchen, das schreit, und kreischende Krähen – durchbrochen von einem lauten Donnergrollen, das aus dem Nichts kommt. Dann setzt ein unheimliches Knarren und Quietschen ein.

Das ist unser Einsatz. Langsam öffnen wir die Klodeckel über uns und wir lassen die Brillen zu Boden sinken, damit wir aus ihnen rausklettern können: zwei Skelette, die aus ihren Gräbern steigen und den Friedhof in Besitz nehmen. Mit unseren Unterhosen wanken wir knochenklappernd über die Bühne. Ich hole den leuchtenden Mond vom Himmel und werfe ihn Melle wie einen Ball zu, was er in Wirklichkeit ja auch ist. Könnt ihr euch das vorstellen? Skelette, die mit dem Mond dribbeln und pritschen? Wir spielen so lange, bis Malte und Paul zu uns kommen. In ihrem schwarzen Ganzkörperdress und mit ihren schwarzen Gesichtern sind sie unsichtbar, während sie sich links und rechts von uns aufbauen. Nur ihre weißen Klobürsten und die Klodeckel, auf denen sie damit herumtrommeln, sind zu sehen.

Das sieht echt cool aus, wie die Klotrommeln durch die Luft auf uns zugeschwebt kommen. Melle und ich übernehmen die schwebenden Klobürsten und beginnen selbst zu trommeln. Wir versuchen uns gegenseitig auszustechen, ein wütender Trommelwettkampf, den keiner von uns gewinnt. Ein weißer Eimer, der plötzlich aus dem Himmel zu uns runtergleitet, lässt uns aufhören.

Paul ist es, der ihn unsichtbar herablässt, was gar nicht so leicht ist, weil er seinen Klodeckel so lange mit einer Hand halten muss. Aber alles geht gut: Melle holt aus dem Eimer eine Papierrolle mit einer Botschaft heraus, entrollt sie und zeigt sie mir. Ein sechszeiliger Liedtext. Wir lachen dämonisch in unsere Headsets hinein und singen dann abwechselnd die Liedzeilen vor, die darauf stehen.

»K-k-k-k-Kai, der Hai,
K-k-k-k-Kai, der Hai,
mit der Lederjacke haut er auf die Kacke,
ohne Lederjacke furzt er aus der Backe.
K-k-k-k-Kai, der Hai,
K-k-k-k-Kai, der Hai.«

Läuft alles super. Das Einzige, was nicht passt, ist ein Knurren im Hintergrund, das ich ganz bestimmt nicht aufgenommen habe und das mich verdächtig an Pauls Magengrummeln erinnert.

Gott sei Dank ist das die Stelle, bei der gleich unser Abschlussrap beginnt. Melle und ich tanzen, ich beatboxe dazu, als wäre ich eine ganze Band, während Malte und Paul ihre Klodeckel sprechen lassen, indem sie die Deckel über der Brille passend zum Rhythmus öffnen und schließen. Wie Ober- und Unterkiefer. Dann ist Malte dran. Er wirft ein schwarzes Tuch über seinen Klodeckel und lässt ihn dadurch für die Zuschauer von einer Sekunde auf die andere verschwinden. Der Grund ist, dass er den Deckel ablegen kann und die Hände frei hat. Die braucht er, um den Mond wieder auferstehen zu lassen, indem er den Ball oben auf die Leiter legt. Das ist das Zeichen für uns, dass die Skelette wieder in ihre Gräber steigen. Alles wie am Anfang, nur rückwärts. Mit einem Käuzchenruf von mir endet unser Stück.

»Wo ist der Lichtschalter?«, brüllt Malte durchs Dunkel.

»Ich hab's gleich«, rufe ich zurück, während ich mich zur Tür taste.

Als das Licht angeht, ist der Zauber schlagartig vorbei. Mit unseren angemalten Gesichtern sehen wir harmlos aus. Geblendet stehen wir auf dem Garagenboden, der eben noch die Bühne war, und schauen erwartungsvoll zu meinen Eltern. Mama und Papa sitzen vorne auf ihren Stühlen, noch ganz gebannt von der Aufführung. Zu meiner großen Erleichterung klatschen sie.

»Das war toll! Unglaublich, was ihr vier in so kurzer Zeit auf die

Beine gestellt habt!«, ruft Mama begeistert. »Noch nie hat sich eine Investition von mir so gelohnt wie die in eure Klogarnituren.«

Papa nickt zustimmend. »Das soll euch morgen mal jemand nachmachen. Wenn ihr damit nicht einen der ersten Plätze macht, dann weiß ich auch nicht.«

Erleichtert atme ich auf. So viel Lob bin ich gar nicht gewohnt.

»Nur das mit den Unterhosen solltet ihr weglassen«, schiebt Papa hinterher. »Skelette haben sowieso keine, die wären längst verrottet.«

»Lass sie doch! Das ist künstlerische Freiheit«, antwortet meine Mutter an unserer Stelle.

»Wenn die Jury genauso denkt wie ich, gibt sie vielleicht anderen die Punkte.«

»Ich fand es komisch. War doch richtig schön absurd.«

»Und was sollte das mit dem Hai und dem Kai?«, fragt Papa uns. »Das habe ich nicht verstanden.«

»Musst du auch nicht«, antworte ich.

»Habt ihr nicht einen Kai in eurer Klasse? Der könnte das auf sich beziehen.«

Ich winke ab, bevor Papa sich seinen Kopf noch mehr zerbricht. »Keine Sorge«, antworte ich. »Alles im Griff.«

Papa belässt es dabei.

»So!«, fasst Mama zusammen. »Und wer von euch hat so viel Hunger, dass sein Magen randaliert?«

Unsere Köpfe wandern nach rechts, wo Paul steht.

»Sorry, Leute«, verteidigt er sich. »Ich kann nichts dafür. Mein Magen grummelt immer, wenn ich zwischendurch nicht etwas esse.«

Wie aufs Stichwort geht sein Magengerumpel von Neuem los. Damit das nicht morgen bei der Show passiert, verspricht Paul uns, überall auf der Bühne Notrationen an Würstchen zu verteilen, an die er gut rankommt. Im Eimer, in seiner Hosentasche und hinter der Bühne sowieso. Das beruhigt uns alle.

Eigentlich kann nichts mehr schiefgehen.

Eigentlich.

27

Als ich am nächsten Morgen aufwache, weiß ich erst nicht, wo ich bin. Dann wird mir klar, dass es heute Abend darauf ankommt, und ich springe aus dem Bett und in meine Sachen. Melle ist schon unten bei meinen Eltern. Sie ist so gut gelaunt wie nie. Heute setze ich mich gerne zu ihr, um mich abzulenken. Ich weiß nicht, wie ich es bis zum Abend aushalten soll, und das bleibt auch den ganzen Tag über in der Schule so.

Herr Mühlrath ist nicht begeistert, als er erfährt, dass er nicht nur die Stühle aufbauen muss, sondern auch die Lampenständer mit den Schwarzlichtneonröhren für uns aus dem Keller holen und aufstellen soll. Als Gegenleistung verdonnert er mich dazu, ihm zu helfen. Nicht nur bei den Lampen, sondern auch bei den Stühlen, denn er hat noch keinen Dummen gefunden.

Bis wir fertig sind, ist der halbe Nachmittag um. Gerade genug Zeit, um nach Hause zu laufen, etwas zu essen und mich umzuziehen, bevor Malte und Paul wie verabredet vor der Tür stehen. Da wir nicht wollen, dass uns alle schon vor dem Auftritt in unserem Bühnenoutfit sehen, haben wir ausgemacht, unsere normalen Klamotten über die Kostüme zu ziehen. Draußen ist es zwar warm, aber keiner von uns hat Lust, sich in der Schule umkleiden zu müssen.

Kurz bevor wir losgehen, machen wir einen letzten Check-up, damit uns hinterher nichts auf der Bühne fehlt. Ohne die schwarzen Sturmmützen, Handschuhe und Schuhe würde unser Auftritt platzen. Wenigstens um die Nebelmaschine müssen wir uns nicht kümmern, mein Vater karrt sie für uns zur Schule, und meine Mutter verspricht, vor dem Auftritt hinter die Bühne zu kommen, um uns bei der Maske zu helfen.

Als wir in der Schule ankommen, ist schon der Bär los. Die Aula platzt aus allen Nähten, so viele Schüler, Lehrer und Eltern sind gekommen. Bestimmt nicht wegen Waldaus Rede. Das Wort Jubiläum kommt zehnmal vor, an zweiter und dritter Stelle folgen: »an diesem besonderen Tag« und »vor 25 Jahren«. Was er sonst sagt, weiß ich nicht, weil ich im Stillen den Ablauf meines Beatboxsolos durchgehe.

In der ersten Reihe sitzen die Lehrer – und ein Hund, denn unter Vogels Stuhl hockt Napoleon und gähnt. Die zweite ist für die Schüler reserviert, die auftreten. Peggie und Paula gehören zwar nicht dazu, dürfen aber trotzdem dort sein, weil sie die

Schülerzeitung vertreten. Und da unsere Schule die einzige auf der Insel ist, sitzt auch noch ein Redakteur der Lokalzeitung daneben – wahrscheinlich in der Hoffnung, dass etwas schiefgeht und er darüber berichten kann. Wenn man es genau nimmt, hätte sich meine Mutter als die Frau vom Inselradio neben ihn setzen können. Aber weil ich als ihr Sohn auftrete und sie gegen Vetternwirtschaft ist, wie sie sagt, sitzt sie ein paar Reihen dahinter beim Normalvolk. Bei Papa.

Kai hat sich zwei Reihen hinter uns gepflanzt. Als ich mich in einer Umbaupause zu ihm umdrehe, nutzt er seine Chance. »Ich hoffe, ihr habt eure Unterhosen gewaschen«, ruft er mir grinsend zu, und zwar so laut, dass es jeder in der Umgebung hören kann. »Gelbe Flecken machen sich auf Fotos nicht gut.«

Ganz klar, dass um mich herum alle den Adressaten suchen. Ich rutsche tiefer in meinen Sitz und versuche dabei, Blickkontakt zu Knut zu bekommen, der sich ganz in Kais Nähe gepflanzt hat. Knut versteht sofort. Er setzt einen Bodyguardblick auf. Keine Ahnung, wo er den auf einmal herhat.

Nach Waldaus Rede wird es still, zumindest die Schüler sind froh, dass endlich das Programm anfängt. Einer aus dem Abijahrgang moderiert die Vorführungen an, das macht er wirklich gut. Als Erstes tritt ein Mädchen namens Josephine aus der 5. Klasse auf. Sie singt Karaoke, was die Eltern anscheinend toll finden, obwohl sie nur jeden dritten Ton trifft. Zwei Siebtklässler machen Turnübungen, als wären sie aus Gummi, und ein Mädchen aus der Achten tanzt Ballett mit einer Feder. Einer aus der Oberstufe tritt als Zauberer auf, der alles Mögliche verschwinden lässt, zur großen Freude der Schüler auch Herrn Lauterbach. Nur sein Schlüssel taucht wieder auf. Dann kommen zwei Bands, eine mit Elektropop, die andere mit Hardrock. Herr Mühlrath muss die Lautsprecher runterregeln, damit die Eltern ihre Finger aus den Ohren nehmen und zuhören. Alle, bis auf meine Mutter, die hatte ihre Finger natürlich gar nicht erst drin.

Dann tritt Lara mit einer Modeschau auf, sie bewegt sich wie ein Star auf dem Laufsteg. Wie sie das hinkriegt, sich in wenigen Sekunden umzuziehen, weiß ich nicht, aber sie sieht jedes Mal aufs Neue umwerfend aus. Erst als sie fertig ist, trauen wir uns in den Umkleideraum hinter der Bühne, um uns auf unseren eigenen Auftritt vorzubereiten.

Meine Mutter hat unser Zeichen verstanden, sie verlässt in der Pause ihren Platz und hilft uns beim Schminken. Sie gibt sich alle Mühe, damit die Totenköpfe, die sie Melle und mir auf das Gesicht malt, schön echt aussehen. Malte und Paul müssen sich nur schwarz anschmieren, das geht auch ohne Spiegel. Völlig egal, ob ihr Haar dabei etwas abkriegt, es kommt sowieso eine Sturmhaube drüber. Paul kontrolliert bestimmt fünfmal, ob auch niemand zwischendrin seinen Würstchenvorrat aufgegessen hat, dabei haben wir die ganzen Sachen für die Bühne gerade erst aus dem Kofferraum geholt.

»Das waren vorher sechs«, beschwert er sich.

»Hast du nichts Wichtigeres zu tun, als Würste zu zählen?«, kontert Melle.

Doch ausnahmsweise ist Pauls Genauigkeit von Vorteil, denn wir finden das verloren gegangene Würstchen zwischen den Borsten der Klobürste wieder. Wenn es uns während der Show um die Ohren geschleudert oder am Klodeckel zermatscht wäre, hätte es bestimmt für Lacher gesorgt. Zu Pauls Entsetzen steckt sich Malte das Würstchen in den Mund, damit es kein Unheil mehr anrichten kann.

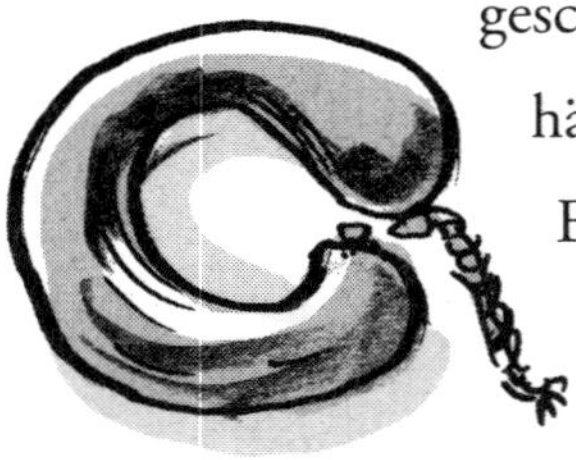

Der Duft der Würstchen macht auch mich hungrig. Anders als Melle habe ich vorher kaum etwas herunterbekommen, weil ich so nervös gewesen bin. Paul würde mich umbringen, wenn ich ihm so kurz vor der Show noch mehr von seinem Vorrat wegesse, also lass ich es sein. Mein Magen beschwert sich nicht so schnell wie seiner.

Nachdem meine Mutter fertig ist, drückt sie uns die Daumen und verschwindet wieder im Innenraum der Aula, wo gerade eine Clownsnummer läuft. Den wenigen Lachern nach scheinen wir nichts zu verpassen.

Da keiner mehr da ist, der uns sehen könnte, ziehen wir unsere Klamotten aus. Als ich meine Hose auf den Kleiderhaufen werfe, zögere ich. Zum ersten Mal seit Wochen lege ich das Feuerzeug tagsüber ab. Auch wenn es nicht mehr funktioniert, habe ich mich daran gewöhnt, es immer bei mir zu tragen, inzwischen ist es für mich so etwas wie ein Glücksbringer geworden. Ohne lange zu überlegen, hole ich das Feuerzeug aus der Hosentasche und stecke es in das kleine Schlüsselfach des Kostüms. Bevor ich es in die Tasche schiebe, halte ich inne. Wenn ich nicht wüsste, dass das unmöglich ist, würde ich denken, dass es sich kälter anfühlt als das letzte Mal.

»Was machst du denn so lange?«, fragt mich Paul durch die Tür. »Willst du unsere Show verpassen?«

Er hat recht. Ich gehe raus zu den anderen, die hinter einem Vorsprung am Bühnenrand warten, stelle mich neben die Nebelmaschine und linse durch den Seitenvorhang. Die müden Clowns bekommen gerade ihren Beifall und gehen ab, während sich der Vorhang schließt.

Melle wirft bereits die Nebelmaschine an, während Malte und Paul die Leiter, den Eimer und alles andere auf die Bühne tragen. Die beiden großen Ständer, an denen die Schwarzlichtneonröhren festgeschraubt sind, stehen schon auf der Bühne. Ich schalte die Lampen ein, dann scanne ich durch einen Spalt im Vorhang schnell den Zuschauerraum nach Kai ab. Der will gerade aufstehen, aber Knut, der sich zwei Plätze neben ihn gepflanzt hat und vor sich einen Riesenhaufen aus Rucksack und Klamotten lagert, stellt sich ihm umständlich in den Weg. Entweder müsste sich Kai auf der anderen Seite an dreißig anderen Zuschauern vorbeischlängeln oder über die Stuhlreihen klettern. Und weil die Aula unseretwegen gerade abgedunkelt wird, fordern die anderen Zuschauer Kai lautstark auf, sich wieder hinzusetzen. Knut hat seinen Job gut erledigt.

»Wir sind gleich dran!«, zischt Melle.

Sie drückt mir mein Klograb in die Hand und zieht mich unsanft mit auf die Bühne, damit ich endlich auf meine Position gehe. Malte und Paul gehen wieder an der Bühnenseite in Stellung und schalten die Musikanlage an. Das Band, das wir mit Mamas Hilfe vorbereitet haben, hat fünfzehn Sekunden Vorlauf. Fünfzehn Sekunden, in denen unsere Blicke im Dunkeln die der anderen suchen, um uns gegenseitig Glück zu wünschen. Hoffentlich läuft alles so gut wie bei der Generalprobe ab.

Als der Vorhang aufgeht, setzt pünktlich der unheimliche Friedhofssound ein. Die Zuschauer verfolgen gebannt, wie wir im wabernden Nebel aus unseren Klogräbern steigen und mit dem Mond spielen, was auf der großen Bühne toll aussehen muss. Seit unsere Unterhosen sichtbar geworden sind, hört man zwischendurch auch erste Lacher.

Genau so soll es sein.

Nur ein Knurren irritiert mich, und es wird immer lauter. Das hört sich nicht wie Pauls Magen an. Sondern wie das eines Hundes. Während ich mit Melle als Skelett um die Wette trommele, riskiere ich einen Blick in den Zuschauerraum. Vogel, der Napoleon nicht zur Ruhe bekommt, steht auf und versucht, seinen Hund aus dem

Raum zu ziehen. Vergeblich. Napoleon hechelt und knurrt, und er zerrt mit aller Kraft an der Leine. Ich habe keine Ahnung, warum er das tut – bis mir einfällt, dass Paul nicht der Einzige ist, der Hunger hat, und dass es auf unserer Bühne wie im Schlaraffenland riecht.

Mit einem Ruck macht Napoleon sich los und stürmt schnurstracks auf die Bühne. Gerade in dem Moment, in dem der Eimer herunterschweben soll. Die Zuschauer lachen, denn im Schwarzlicht sieht es witzig aus, wie der weiße Mops die Stufen hochflitzt und Vogel ihm hinterherläuft.

Ich ducke mich eilig, als Napoleon auf mich zuschießt, aber der Mops hat es nicht auf mich abgesehen, sondern tatsächlich auf die Würste. Er springt Paul an. Instinktiv reißt Paul den Klodeckel nach oben. Napoleon rutscht weg und schliddert Malte direkt vor die Füße. Der stolpert über den Mops und hält sich am Eimer fest. Paul wird durch Maltes Gewicht zur Seite gerissen, während Napoleon gleichzeitig nach einem der Würstchen im Eimer schnappt. Pauls Versuch, sich an der Leiter festzuhalten, endet in der Katastrophe, ich sehe es wie in Zeitlupe: Zusammen mit der Leiter kippt Paul gegen den Schwarzlichtständer, der ins Wanken gerät und der Länge nach umkippt. Genau dorthin, wo Napoleon steht, den Kopf im Eimer und die Wurst im Maul. Krachend donnert der Ständer auf die Bühne und begräbt Napoleon unter sich. Vogel, der die ganze Zeit versucht hat, Napoleon einzufangen, schreit erschrocken auf. Während der Mond über die Bühne hüpft, hört man ein Jaulen und Wimmern. Dann ist es still.

»Licht an!«, brüllt Melle. »Sofort Licht an! Und Vorhang zu!«

Mühlrath fackelt nicht lange. Schlagartig ist die Bühne hell erleuchtet. Der Vorhang schließt sich. Bis vor einer Sekunde haben die Zuschauer sich gebogen vor Lachen, sie hatten alles für einen Teil der Show gehalten. Allmählich wird ihnen klar, dass es nichts zum Lachen gibt. Durch den Vorhang hindurch hört man den Aufruhr der Leute.

Mir stockt der Atem, als ich in die Mitte der Bühne gehe, zu den anderen, die alle betroffen nach unten sehen. Der kleine Mops liegt regungslos auf dem Boden, die Würste sind um ihn herum verstreut. Vogel kniet neben seinem Hund und streichelt ihn verzweifelt.

»Bitte wach auf«, fleht er. »Du darfst von jetzt an so viel essen, wie du willst.«

Doch Napoleon rührt sich nicht. Mein Lehrer sieht zu mir auf, sein Blick ist voller Schmerz, wie ich ihn noch nie im Leben bei einem Menschen gesehen habe.

»Bitte hilf mir«, flüstert er. In seinen Augen schwimmen Tränen.

Ich weiß nicht, was er meint. Ich fühle mich so hilflos. »Wie denn?«, flüstere ich zurück.

»Du hast das Unmögliche schon einmal möglich gemacht. Ich weiß nicht wie. Aber wenn du was machen kannst, dann tu es! Napoleon ist alles, was ich habe.«

Ich muss schlucken, Vogels Blick ist eine einzige Bitte.

Es gibt nur eine Chance, eine winzig kleine. Zögernd hole ich das Feuerzeug heraus. Es ist kühl, aber nicht kalt. Ob es noch einmal klappt, die Zeit zurückzudrehen? Was, wenn es misslingt? Mir, dem größten Pechvogel der Welt?

Angespannt halte ich den Atem an, als ich das Zündrad betätige. Falls es einen letzten Rest an Wunder auszupressen gibt, dann darf ich es nicht vermasseln!

Konzentriert und mit einem Ruck lasse ich den Daumen übers Rad schnellen.

Ein Kribbeln. Ein gleißendes Licht, das wie ein Gewitter zuckt. Es nimmt Tempo auf, wirbelt durch mein Skelett und erfasst den staunenden Vogel, den reglosen Napoleon, Melle und meine Freunde, bevor die ganze Bühne in kaltem blauen Licht verschwindet.

Von einer Sekunde auf die andere ist es plötzlich dunkel. Nur das Schwarzlicht auf dem Ständer leuchtet, als Melle und ich um die Wette trommeln. Das Feuerzeug hat mir nicht viel Zeit zurückgegeben, schon rast Napoleon auf die Bühne. Mir bleibt nur eins: ein Hechtsprung.

Wie ein Torwart fange ich den springenden Mops in der Luft, bevor er Paul trifft und das Drama ein zweites Mal seinen Lauf nimmt. Zusammen mit dem überraschten Napoleon rolle ich über die Bühne und lasse ihn erst los, als Paul begreift, was Sache ist. Er reißt die Vorratstüte aus seiner Hosentasche, holt das Würstchen heraus und wedelt dem Mops damit vor der Nase herum. Napoleon schnappt hungrig nach dem Würstchen, das aus dem Dunkel auf ihn zugeschwebt kommt, und verschlingt es so schnell, dass einem schwindelig wird. Melle hangelt nach dem Eimer und sorgt für Nachschub. Mit ihren Skelettfingern holt sie Pauls ganzen Vorrat heraus und wirft ihn Napoleon zu. Obwohl es dunkel ist, fängt Napoleon die fliegenden Würstchen alle in der Luft.

Das Publikum lacht und johlt, außer uns weiß niemand, welches Drama sich hier auf der Bühne gerade abgespielt hat. Vogel lacht wie irre, als er seinen wiederauferstandenen Mops in die Arme schließt, und fängt vor lauter Glück an die Marseillaise zu tanzen. Unglaublich!

Natürlich ist das Stück vollkommen aus dem Ruder, aber keiner von uns hat Lust, unser Programm abzuspulen, als wäre nichts gewesen. Übermütig hüpfen wir durch den Nebel über die Bühne, Vogel vorweg. Wir müssen ein echt komisches Bild abgeben. Zwei Skelette, ein Mops, ein hagerer Lehrer und zwei Klobürsten, die wie Keulen durch die Luft schwingen.

Angefixt durch die lachenden Zuschauer lass ich mich dazu hinreißen, meine Unterhose auszuziehen und in die kreischende Menge zu werfen. Ich klettere die Leiter hoch und setze mich rittlings auf die oberste Stufe. Jetzt wäre der beste und letzte Moment, das Kai-Lied unterzubringen. Doch Kai ist mir in dieser Sekunde einfach nur schnuppe. Von ihm lass ich mir meine gute Laune nicht kaputt machen, sondern beatboxe als Antwort auf die Marseillaise die Nationalhymne aller Schüler: »Star Wars«. Völlig beknackt, aber die Zuschauer toben vor Begeisterung.

Als ich fertig bin und das Licht angeht, will ich zu den anderen runterklettern. Dabei muss ich wohl an einem Stück Draht hängen geblieben sein, mit dem Paul die Leiter verstärkt hat. Denn es macht »ratsch« und mein halber Hintern liegt frei. Hätte ich die Unterhose nicht ausgezogen, hätte es vielleicht nur sie getroffen. Hätte, hätte … was soll's. Ich setze mich schnell wieder hin und warte, bis der Vorhang zugeht. Hauptsache, die Feuerwehr muss mich nicht von hier oben herunterholen.

Pauls Sturmhaube muss dran glauben. Als der Vorhang wieder aufgeht und wir uns vor der jubelnden Menge verbeugen, halte ich sie mir vor den Riss in meinem Kostüm. Die Bühne verlasse ich wie ein Krebs im Seitwärtsgang. Die anderen sind so nett, es mir gleichzutun, damit ich nicht so auffalle. Nur Napoleon hält sich nicht an unsere Formation, er springt hinter mir herum und schnappt nach der Sturmhaube. Ich wette, Paul hatte vorher darunter eine Wurst versteckt. Vogel greift sich seinen Hund und bringt ihn von der Bühne, bevor er noch mehr Unheil anrichtet. Satt wie er ist, lässt Napoleon sein Herrchen gewähren.

Das Publikum begleitet unseren Abgang bis zum Ende mit einem tosenden Applaus, wir hören ihn sogar noch, als wir schon in der Aula-Umkleide sind und ich erleichtert in meine Hose schlüpfen kann. Keiner von uns sagt ein Wort, wir sind noch ganz benebelt. Nicht von der Nebelmaschine, sondern von dem, was passiert ist.

»Und was war vorher noch mal dein Problem?«, fragt Melle so ernst, dass ich innehalte. »Ist doch alles bestens gelaufen!«

Sie prustet los. Und wir dann auch. Malte schubst mich, aber er grinst dabei.

»Mann, ich glaub's nicht! Ist das alles eben echt passiert?«

»Guck dir Erics Arsch an. Dann weißt du's«, feixt Paul.

»Verzichte dankend.«

»Hey. Bitte ein bisschen mehr Respekt«, weise ich Malte zurecht. »Du sprichst von meinem Hintern!«

»Okay, okay, kommt nicht wieder vor.«

Melle stößt mich an und zeigt zur Tür. Vogel steht dort und sagt keinen Ton. Melle macht meinen Freunden ein Zeichen.

»Wir gehen schon mal vor«, sagt sie.

Als sie draußen sind, kommt Vogel zögernd auf mich zu. Für einen Moment glaube ich, er will mich umarmen, aber dann bleibt er Gott sei Dank vor mir stehen und hält mir die Hand hin. Ich gebe ihm meine.

»Danke, Eric!«

»Alles klar«, sage ich.

»Nein. Danke, Eric!«, wiederholt Vogel mit Nachdruck.

Vielleicht ist mein Lehrer noch mitgenommen von dem Mopsdrama, oder er hat gerade wieder mit ein paar Wellen zu tun, die hier vorbeischwirren. Auf jeden Fall verhält er sich merkwürdig. Jetzt streckt er mir auch noch seine andere Hand hin.

»Das hier hast du auf der Bühne liegen lassen.«

Er gibt mir das Feuerzeug zurück. Mein Todesurteil.

Vogel weiß jetzt, wie ich zu meiner unglaublichen Note gekommen bin. Er könnte mir ins Gesicht sagen: Du hast dir die Eins erschlichen. Er könnte mich zu Waldau schleppen, hier, vor der ganzen Schule, und mir mitteilen, dass er meine Arbeit annulliert und ich doch sitzen bleibe, weil das die gerechte Strafe für Betrug ist. Als abschreckendes Beispiel für alle anderen Schüler.

Doch Vogel tut nichts von alledem, stattdessen lächelt er mich an. »Du hast es verdient«, verkündet er, bevor er den Raum verlässt. So wie er es sagt, meint er nicht nur das Feuerzeug.

Die Begegnung mit Vogel muss ich erst verdauen. Noch halb im Delirium vor Glück wanke ich zurück zur Aula, wo die Preisverleihung längst im Gange ist. Melle und meine Freunde winken mir zu, als ich mich durch die Reihe zu ihnen hindurchquetsche. Auf dem Weg erhalte ich anerkennendes Schulterklopfen statt genervter Schubser, obwohl einige Füße im Weg stehen, die ich platt trete. Als ich meinen Platz erreiche, werfen mir die anderen fragende Blicke zu, Paul macht dazu das Halsabschneidezeichen. Grinsend schüttele ich den Kopf: alles im Griff!

Ich drehe mich kurz zu Kai um. Er tut so, als würde er es nicht bemerken, und quatscht einen Kumpel neben sich an.

Weil es auf der Bühne weitergeht und Waldau das Ergebnis verkündet, das die Schüler-Lehrer-Jury getroffen hat, drehe ich mich wieder nach vorne um: Platz drei geht an die Elektropopband, Platz zwei an die biegsamen Turnerinnen. Beim ersten Platz macht der

Direx es spannend, indem er lange ausholt, bis er endlich mit dem Gewinner rausrückt: Der erste Platz, eine Jahreskarte fürs Hallenbad, geht an den Zauberer, der Herrn Lauterbach in einen Schlüssel verwandelt hat. C'est la vie, würde Vogel allen sagen, die leer ausgegangen sind. Doch Lara, die ein paar Plätze neben Melle sitzt, guckt so böse, als würde sie der Jury am liebsten die Augen auskratzen. Anscheinend hatte sie fest mit einem Preis gerechnet, obwohl sie eigentlich nur Klamotten vorgeführt hat.

Von uns hat keiner ernsthaft an einen der ersten Plätze geglaubt, trotzdem ist auch bei uns die Luft raus, nachdem klar ist, dass wir leer ausgehen. Während der Schüler seine Urkunde und einen Händedruck von Waldau abholt, rumort es im Publikum, vereinzelt hört man Buhrufe. Weil Lara nicht gewonnen hat?

Ein schwarzhaariger Junge aus der Oberstufe reißt seinen Arm hoch, er hat meine zerrissene Unterhose in der Hand und weht sie wie eine Fahne durch die Luft. Halb im Spaß ruft er: »Zu-ga-be, Zu-ga-be.« Seine Rufe stecken die anderen Schüler an, kurz darauf macht der halbe Saal mit. Wir gucken uns ungläubig an.

»Die meinen uns!«, raunt Paul uns zu.

»Wen denn sonst?«, gibt Melle zurück.

Nachdem der Zauberer wieder auf seinem Platz ist, versucht Waldau, zu Wort zu kommen. Er hebt die Arme, damit Ruhe einkehrt.

»Die Jury hat sich die Entscheidung nicht einfach gemacht«, ruft er in sein Mikro. »Die ungewöhnliche und sehr lebendige Darbietung der Schüler Eric Fail, Malte Siebrook, Paul Hartmann und Melle Bartel konnte aus formalen Gründen leider keinen der offiziellen Preise gewinnen, denn es waren mehr Personen und Tiere auf der Bühne als vorher angemeldet.«

Vereinzelte Lacher sind zu hören, aber auch Buhrufe.

»Na und!?«, protestiert eine Frauenstimme, ich könnte schwören, dass es aus der Ecke kommt, in der meine Eltern sitzen. Von wegen Vetternwirtschaft.

Auf einmal fängt einer der Schüler an, rhythmisch mit den Füßen zu stampfen und andere machen es nach, bis der ganze Saal mitmacht. Es hört sich an, als würde eine Elefantenherde durch die Aula marschieren.

Waldau muss ins Mikrofon schreien, um Gehör zu finden.

»Und deswegen … und deswegen«, setzt er neu an, »haben wir spontan beschlossen, noch einen Publikumspreis zu vergeben, der netterweise von der Metzgerei Kaulbach gesponsert wird. Sie spendet euch die Würstchen für euer nächstes Grillfest, damit auch Napoleon etwas davon hat.«

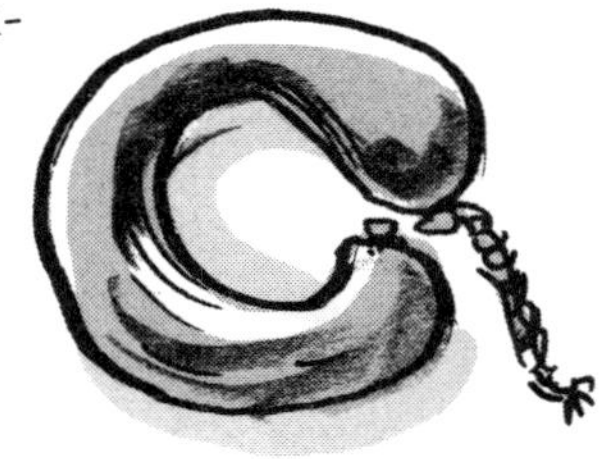

Das geordnete Stampfen geht in Beifall über. Was für ein wahnsinniges Gefühl! Mit heißen Wangen unter den angemalten Gesichtern laufen wir auf die Bühne und müssen erst Herrn Waldau die Hand schütteln und dann Herrn Kaulbach, der sich als Vater der Karaokesängerin herausstellt. Herr Vogel braucht noch eine Extra-Einladung von Waldau. Wahrscheinlich will er uns nicht ein zweites Mal die Show stehlen, aber da wir das schon alles hinter uns haben, halten wir sogar aus, dass alle glauben, wir hätten gemeinsame Sache mit unserem Lehrer gemacht.

»Wie seid ihr auf die Idee zu dieser aberwitzigen Show gekommen?«, will Herr Waldau abschließend wissen und hält mir das Mikrofon hin.

»Das ist eine lange Geschichte«, erwidere ich grinsend. »Die können Sie bestimmt in der nächsten Schülerzeitung nachlesen.«

»Oh, ein Exklusivinterview. Da kann man nichts machen«, seufzt Waldau zufrieden. Unter donnerndem Applaus gehen wir von der Bühne, während Herr Waldau die Zuschauer verabschiedet.

Peggie und Paula sind bei meinen Worten freudig aufgesprungen und warten an der Seite auf mich, ihre Ohren schon auf Radarempfang gestellt.

»Bin gleich da«, verspreche ich ihnen, denn im Gewühl der abgehenden Zuschauer steht Kai und schaut abwartend zu mir hinüber. Ich bleibe mit überkreuzten Armen stehen, bis Kai sich in Bewegung setzt. Die Schüler zwischen uns bemerken, dass da was im Gange ist, und treten zur Seite, sodass zwischen mir und Kai freie Bahn ist.

Als Kai bei mir ankommt, zieht er seine Lederjacke aus und reicht sie mir. Die, die ihn kennen, gucken ungläubig.

»Gratuliere«, sagt Kai tonlos zu mir.

Er hätte auch »Graupelschauer« sagen können, wär aufs Gleiche rausgekommen.

Ich lasse Kais Arm mit der schweren Jacke in der Luft hängen, bevor ich antworte.

»Du kannst deine Jacke behalten, ich brauch sie nicht.«

Ohne Kais Antwort abzuwarten, drehe ich mich um, ich kann mir seinen belämmerten Gesichtsausdruck auch so vorstellen. Die Umstehenden kicken sich in die Seite, als hätten sie ein Wunder gesehen. Bevor ich zurück zu Peggie und Paula kann, schiebt sich einer aus der Oberstufe dazwischen. Er war es, der meine Unterhose zur Fahne erhoben hat.

»Hey, bist du Eric?«

Mich hat noch nie einer aus der Oberstufe angesprochen, es sei denn, ich sollte Leine ziehen.

»Äh, soviel ich weiß, ja«, antworte ich.

»Ich bin Tommi«, grinst der andere. »Du kannst echt gut beatboxen. Coole Nummer. Hast du Lust, bei uns mitzumachen? Wir sind zu zweit und könnten Verstärkung gut gebrauchen.«

Cool, hat er gesagt. Kein Tagtraum. Der Typ ist echt. Er hat keine Lederjacke an, dafür breite Schultern und ist mindestens drei Jahre älter als ich.

»Klar. Warum nicht.«

»Cool. Ich ruf dich an.«

Mit einem Kuli schreibt Tommi meine Handynummer auf die Innenseite seines Armes.

»Bis dann, Eric. Man sieht sich!«, verabschiedet er sich und verschwindet in der Menge.

»Kneif mich«, bitte ich Paul.

»Von mir aus.«

»Au! Lass die Haut dran!«

»Du weißt auch nicht, was du willst.«

In diesem Moment kommen meine, Maltes und Pauls Eltern zu uns, um uns allen zu unserer Show zu beglückwünschen. »Ihr habt uns gestern ganz schön reingelegt bei der Generalprobe«, freut sich meine Mutter, bevor sie mit meinem Vater und den anderen wieder abschwirrt, um uns nicht zu stören.

Doch hier geht es zu wie auf dem Flughafen. Schon steht der Nächste da: Knut. Er wartet ein paar Meter abseits und traut sich nicht her, weil ich nicht alleine bin. Ich gehe zu ihm, er hat es echt verdient.

»Euer Auftritt war Bombe!«, sagt er.

»Danke. Deiner auch. Hast du vorhin 1a geregelt«, lobe ich ihn. »Du bist nicht nur ein toller Kerl, sondern auch ein Naturtalent!«

Knut freut sich sichtlich. Mühlrath, der dabei ist, Stühle zu stapeln, fängt meine Worte auf. »Naturtalent? Leute wie dich kann ich gut gebrauchen.«

Knut strahlt quer übers Gesicht. »Echt? Womit soll ich anfangen?«

»Mit den Stühlen. Schaffst du drei auf einmal?«

»Ich schaff auch vier.«

Knut packt sofort an, und es sieht aus, als würde es ihm Spaß machen. Mühlrath pfeift anerkennend durch die Zähne, und keine zwei Sekunden später quatschen die beiden und machen Witze, als würden sie das schon seit Jahren so machen. Ich wette, das ist der Beginn einer langen Freundschaft.

Nachdem fast alle durch sind, fehlt eigentlich nur noch Lara. Doch die ist schon nach draußen verschwunden. Komischerweise kratzt mich das überhaupt nicht, ich weiß selbst nicht, warum. Ich dreh mich zu Melle um, die bei Malte und Paul steht und lacht. *Sie* habe ich noch nie böse gesehen. Jedenfalls nicht so, als würde sie jemandem die Augen auskratzen wollen.

Paula und Peggie sehen ihre Chance und pirschen sich von der Seite heran. Peggie setzt ihr schönstes Interviewlächeln auf.

»Hallo, Eric, bist du bereit?«

Ja, das bin ich. Und wie.

Warum Peggie und Paula nur von mir etwas wollen und nicht von den anderen, weiß ich nicht, aber Melle und meine Freunde haben sowieso keine Lust, Fragen zu beantworten. Trotzdem warten sie auf mich, damit wir auf dem Nachhauseweg den irren Abend noch einmal aufleben lassen können. Das ist dringend nötig, denn sonst würden wir übersprudeln, so vollgestopft sind wir mit Erlebnissen.

An der Bushaltestelle bleiben wir stehen. Erst als der siebte Busfahrer anhält, um uns mitzunehmen, machen wir Schluss. Nachdem wir uns alle fürs Wochenende im Kino verabreden, damit Melle mitkommen kann, bevor sie nach Stuttgart zurückmuss, gehe ich mit ihr den restlichen Weg alleine. Erst da merke ich, wie müde ich bin. Ich könnte Tage durchschlafen.

Passenderweise fährt Papa mit dem Auto an uns vorbei, weil er die Nebelmaschine abgeholt hat. Wir bräuchten nur einzusteigen und uns nach Hause kutschieren zu lassen. Doch trotz Müdigkeit verbringe ich den Rückweg lieber mit Melle alleine, und Melle scheint es genauso zu gehen.

»Eigentlich schade, dass du versetzt wirst«, sagt sie, als wir in unsere Straße einbiegen. »Vielleicht wärst du ja in meine Klasse gekommen und wir hätten zusammensitzen können. So wie früher.«

Noch vor einer Woche hätte mir solch ein Spruch von Melle einen Riesenschrecken eingejagt. Doch Melle hat es sowieso nicht ernst gemeint, ihr Totenkopfgesicht bricht in breites Lachen aus.

»Keine Sorge. Julian sitzt schon neben mir«, beruhigt sie mich. In Wirklichkeit nimmt sie mich hopp.

»Wer ist Julian?«

»Einer meiner Mitschüler!«

»Du sitzt neben einem Jungen?!«

»Warum nicht?«

Darauf weiß ich keine Antwort, außer dass es mir nicht gefällt. Ich kenne keinen Jungen namens Julian und sage mir, dass er wie Melle neu in der Klasse ist und deshalb neben ihr sitzt. Oder die Mädchen haben Angst vor ihr, denn das glaube ich sofort, und irgendwie ist der Gedanke beruhigend. Nächste Woche fangen sowieso die Ferien an. Und nach den Ferien werden die Plätze neu gewürfelt.

Melle beobachtet mich von der Seite. Plötzlich kickt sie mir grinsend ihren Ellenbogen in die Rippen.

»Hey. Bist du eifersüchtig?«

»So 'n Quatsch!«, antworte ich empört.

Doch dann lächle ich sie an.

»Dieser Julian ist doch ein Pickelträger. Der kann mir nicht das Wasser reichen.«

»Niemals«, gibt Melle grinsend zurück.

»Und außerdem kennen wir uns länger.«

»Genau.«

Kaum gehen wir durchs Tor in unseren Innenhof, streckt Mama den Kopf durchs Fenster heraus. »Da seid ihr ja!«

Fünf Sekunden später steht sie mit Papa vor uns und drückt uns lange.

»Vor den anderen in der Schule durfte ich das ja nicht machen«, entschuldigt sie sich. »Dabei war das schon seit Stunden überfällig.« Sie lacht dabei.

»Ich musste die ganze Zeit als Ersatz für euch herhalten, sonst hätte deine Mutter noch die Kastanie umarmt«, witzelt Papa.

»Ich muss mich für meine Eltern entschuldigen«, sage ich zu Melle. »Die sind immer so.«

Melle lacht mit uns. Mit Umarmungen hat sie nun wirklich kein Problem.

Meine Eltern loben uns ausführlich für unsere Aufführung. Mein Vater hat vor lauter Mitfiebern vergessen, die Videoaufnahme zu starten, so ein Pech. Oder auch Glück. Denn ich weiß immer noch nicht, ob das Feuerzeug auch Aufnahmen löscht.

»Warum habt ihr euer Programm plötzlich geändert?«, will mein Vater wissen.

»So was nennt man Improvisationstheater«, fällt Mama ein. »Das ist hohe Kunst.«

Ausnahmsweise bin ich meiner Mutter dankbar, dass sie uns die Antwort abnimmt. Von Improvisation versteht mein Vater nichts, deshalb lässt er Mamas Antwort so stehen.

Da mein Magen auf einmal anfängt, so laut wie Pauls zu knurren, verlegen wir den Abend in die Küche und machen uns über die Paella her, die Papa vorbereitet hat. Eine Stunde später gehen wir satt und müde auf unsere Zimmer.

Bevor ich das kaputte und verschwitzte Skelettkostüm auf einen Haufen werfe, hole ich das Feuerzeug heraus und lege mich damit ins Bett. Noch immer habe ich keine Ahnung, wie es funktioniert und woher es kommt. Es fühlt sich warm an. Zumindest nicht mehr so kalt wie auf der Bühne. Ob es sich wieder erholt?

Noch während ich darüber nachdenke, falle ich in tiefen Schlaf.

Diesmal träume ich nicht von einem Hai, sondern von einer riesigen Elster, die durch das Dachfenster geflogen kommt und sich auf meine Matratze setzt. Sie will mir das Feuerzeug wegnehmen, und da ich es nicht hergeben will, pickt sie nach mir. Sie ist echt hartnäckig. Als sie mit ihren Flügeln schlägt, lasse ich das Feuerzeug fallen.

Erschrocken fahre ich hoch und öffne die Augen. Die Elster sitzt immer noch da. Sie ist nicht mehr so groß wie eben, aber in ihrem Schnabel hält sie mein Feuerzeug fest wie einen Regenwurm. Für einen Moment legt sie ihren Kopf zur Seite und sieht mich mit einem Auge an. Dabei schlägt sie mit ihren Flügeln. Bevor ich etwas unternehmen kann, hebt sie ab und fliegt durch das Fenster auf und davon.

Ich brauche nicht lange, um zu begreifen: Es war kein Traum.

Als ich zum Fenster stürze, ist von der Elster weit und breit nichts mehr zu sehen, obwohl kein Vogel der Welt so schnell fliegen kann. Das Feuerzeug ist weg.

Unglücklich lege ich mich wieder ins Bett. Der Gedanke, dass ich dieses Feuerzeug, das mein Leben auf die Zielgerade gebracht hat, niemals wiedersehen werde, lässt mich nicht mehr einschlafen. Kurz entschlossen stehe ich auf, gehe die Treppe runter und klopfe leise an die Tür meines Zimmers. Nach kurzer Zeit macht Melle mit zerstrubbelten Haaren auf.

»Hast du kein eigenes Bett mehr?«, fragt sie schlaftrunken.

Doch sie lässt mich herein. Und als ich ihr erzähle, was passiert ist, ist sie hellwach.

»Vielleicht braucht irgendwer das Feuerzeug dringender als du.«

»Ist das alles, was dir dazu einfällt?«

»Du könntest eine Vermisstenanzeige aufgeben: schwarz-weiße Elster mit Feuerzeug entflogen. Vielleicht meldet sich ja jemand.«

»Haha.«

»Du hast deine Versetzung. Du hast Napoleon gerettet, du kannst beatboxen wie kein anderer und bist im Moment der angesagteste Junge mindestens aller achten Klassen. Wenn nicht sogar auch von denen über dir«, fasst Melle zusammen. »Wozu brauchst du das Ding noch?«

Mir fällt kein Grund ein, soviel ich auch nachdenke. Melle hat recht.

»Vielleicht verliebe ich mich ja mal unglücklich«, witzele ich, »und will alles rückgängig machen.«

»Das ist ein Grund. Aber dann hast du ja noch deine Liste.«

Meine Chaoshitliste. An die habe ich schon lange nicht mehr gedacht.

»Die brauche ich nicht mehr.«

»Sicher?«

Statt einer Antwort stehe ich auf und ziehe die Liste aus meiner Schreibtischschublade heraus. Melle guckt mir fragend zu. Ich knülle die Blätter zusammen und werfe sie wie ein Basketballspieler in den Papierkorb.

»Bestens«, sagt Melle. »Dann können wir uns ja wieder schlafen legen. Sonst glauben meine Eltern nächste Woche, ich habe hier die Nächte durchgemacht.«

Ich nicke, auch wenn Melle das im Gegenlicht des Mondes nur schemenhaft erkennen kann. Melles Sommersprossen sehe ich umso besser.

»Kommst du denn wieder«, frage ich, als ich zur Tür gehe.

»Morgen früh?«, fragt Melle erstaunt.

»Nach den Sommerferien.«

Melle zögert. »Willst du das denn?«

»Ja. Von mir aus auch früher.«

Melle zaubert ein Lächeln in ihr Gesicht, so breit, dass ihre Sommersprossen in alle Richtungen funkeln.

»Das könnte klappen. So wie ich meine Eltern kenne, dauert es, bis sie hierherziehen. Außerdem muss dir irgendjemand Französischnachhilfe geben. Sonst schmeißen sie dich aus der Neunten gleich wieder raus.«

»Na dann: gute Nacht«, antworte ich zufrieden, als ich rausgehe. Man könnte das auch komplett falsch verstehen, aber nicht Melle. Sie versteht das garantiert richtig.

Mit einem warmen Gefühl gehe ich auf den Dachboden zurück und schaue durch das Fenster in den wolkenlosen Himmel. Die Nacht ist wie geschaffen, um den Himmel abzusuchen. Das Teleskop steht in der Ecke, ich bräuchte es nur unter das Fenster zu schieben. Aber heute kann ich die Milchstraße mit bloßem Auge erkennen. Nicht nur die hier unten.

Ich lege mich in mein Bett zurück und kuschele mich ins Kissen. Während ich wegdämmere, fasse ich einen Entschluss: Morgen sage ich meinen Eltern, dass wir in den Ferien den Dachboden ausbauen müssen. Unbedingt.

Das Schülerinterview des Monats

mit Eric Fail, 8a:

Schülerzeitung: Bist du enttäuscht, dass der Zauberer aus der Oberstufe den ersten Preis gemacht hat und nicht ihr?

Eric: Er hat Herrn Lauterbachs Schlüssel herbeigezaubert. Das ist doch was. Ich hätte meine Stimme allerdings der Karaokesängerin gegeben.

Schülerzeitung: Beim letzten Interview hast du den ersten Platz für euch vorhergesagt. Das hat nicht geklappt.

Eric: Nicht? So wie die Zuschauer geklatscht haben, haben wir doch abgeräumt.

Schülerzeitung: Aber nur den Publikumspreis.

Eric: Das hatte formale Gründe. Die Jury wusste nicht, dass die Überraschungsgäste auf der Bühne alle zur Show gehörten.

Schülerzeitung: Wirklich?

Eric: (antwortet nicht)

Schülerzeitung: Hallo, Eric? Alles okay mit dir?

Eric: Können wir noch mal auf Anfang gehen?

Schülerzeitung: Hast du die Frage falsch verstanden?

Eric: Nein. Ich möchte nur anders antworten.

Schülerzeitung: Also noch mal von vorne: Bist du enttäuscht, dass der Zauberer aus der Oberstufe den ersten Preis gemacht hat und nicht ihr?

Eric: Nicht wirklich, denn unsere Show hat uns Spaß gemacht. Und sie hätte auch richtig toll werden können.

Schülerzeitung: Sie war doch toll.

Eric: Ganz ehrlich: Sie ist total in die Hose gegangen. Das mit dem Mops war nicht geplant.

Schülerzeitung: Und das erzählst du uns so locker?

Eric: Katastrophen gehören eben zu meinem Leben dazu. Deswegen sitze ich immer hier bei euch und muss Fragen beantworten.

Schülerzeitung: Ist das ein Problem für dich?

Eric: Ab heute nicht mehr.

Schülerzeitung: Wir danken dir für das Gespräch, Eric.

Eric: Nichts zu danken. Man sieht sich.

ENDE